부
재
중
고
백

우리가 너무 자연스럽게 혹은 당연하게 받아들이고 있는 긍정적 가치들이 실은 우리를 그저 세상의 부속품으로 잘 기능하게 하기 위한 '누군가'의 전략적 덫은 아닌지 돌아보는 일. 글쓰기는 나에게 그런 일이다.

그것은 때로 위태롭고, 불편하고, 외로운 일이지만, 통쾌하고, 위안되고, 가슴 뛰는 일이기도 하다. 그래서 함께 나눌 벗을 찾아 두리번거려본다. 눈에 보이지 않게 얽히고설킨 프로파간다의 실체를 추적해가는 긴장감 넘치는 추리극을 일상의 이야기로 전환해 풀어놓은 나의 어설픈 시도는, 고개 끄덕여 줄 상대를 찾는 가장된 독백이다.

예술을 공부하면서 내가 얻은 가장 큰 소득은 외로움 한편의 채워짐이었다. 서로 길은 다르지만 같은 곳을 바라보며 걸어가고 있는 사람들이 이 세상 어딘가에 있었거나, 있다는 사실을 발견할 때마다 느껴지는 안도감이란!

새들이 날아와 집을 짓고, 다람쥐들이 도토리를 아껴두는 곳,
바람이 이따금 가쁜 숨을 내쉬며 쉬어가는 곳,
햇살이 안부를 전하는 곳,
주린 이의 허기를 채워주는 열매가 열리고 또 열리는 곳.
나그네의 땀과 눈물이 땅으로 흘러 뿌리로 자라는 곳.

우리의 오랜 고독이 그런 울창한 나무로 자랄 수 있기를.

부재중 고백

단편소설모음

펴낸날 2023년 9월 29일 초판 1쇄

글쓴이 **최승현**

그린이 **서민정**

펴낸곳 **비온후** www.beonwhobook.com

펴낸이/꾸밈 **김철진**

ISBN 979-11-983983-0-7 03810

책값 15,000원

부재중 고백

최승현 쓰다

비온후짓다

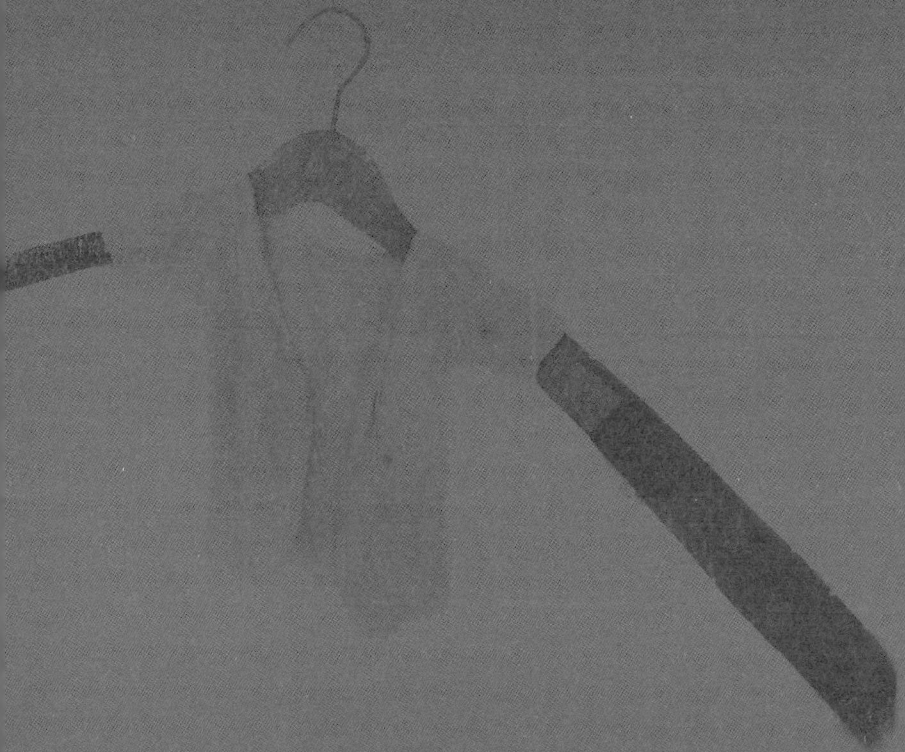

완벽한 심사

　골수까지 얼어붙을 듯한 냉기에 가슴팍이 떨렸다. 한창 겨울에 따뜻한 물이 나오지 않는 공용 화장실에서 손을 씻기란 그녀에게 여간 꺼려지는 일이 아니었다. 그것도 하루에 여러 번 하루 이틀 반복하다 보면, 흐르는 물소리에도 어깨가 절로 움츠러들곤 했다. 장마철에는 두터운 습기에 뿌옇게 덮여 목욕탕 거울과 다를 바 없는 8호 화장실 거울은 그래서 줄곧 울고 있는 듯했다. 눈물 자국이 화장실 벽면에 벽화처럼 드리워질 때도 있었다. 휴지 걸이의 휴지도 눅눅했다. 그 출처를 알 수 없는 습한 물방울들이 덕지덕지 모여 눅눅하게 늘어진 휴지로 뒤처리를 하다 보면 스스로에게 이런 짓을 해도 되는 건지 죄책감이 들 정도였다. 하지만 오늘은 쨍하게 추운 겨울이다. 거울은 울지 않았다. 냉수에 질려 핏기가 사라진 그녀의 손과 얼굴을 성실하게 비춰주고 있었고, 지난 수개월 동안 늘 그래왔듯 서너 마리의 말라비틀어진 모기 사체를 한쪽 언저리에 붙이고 있었다.

　이제 곧 면접이다. 그녀는 지원자도 면접관도 진행자도 아닌, 그냥 관계자로 면접 심사과정을 참관만 할 수 있었다. 그렇지만 그녀의 팀에서 함께 일할 직원을 채용하는 면접인 만큼 면접관들에게 의견을 전달할 수는 있다고 했다. 모든 것은 공정함과 투명함을 위해서라고 했다. 채용 비리 전력이 있는 회사라 밖에서 나도는 말들이 많아서, 그녀가 팀원 채용에 관여할 수 없다는 말에 그녀는 알겠다고 했지만 사실 무엇이 문제인지 이해가 되지 않았다.

면접관들이 한꺼번에 들어와 자리에 나란히 앉았다. 50, 60대 이 남성들은 그들이 속한 계보 상 선후배였고, 오랜 지인들이었고, 오묘한 권력과 감정의 그물로 이리저리 얽힌 이들이었다. 따로 마련된 참관인석에 앉은 그녀에게 Y는 면접관으로서의 위신을 의식하며 한차례 상냥하게 웃었다. 관례상 최고 연장자가 중앙에 앉아 면접을 주도하기에, X를 중심으로 Y와 Z가 양옆에 자리를 잡았다. 그들은 드디어 찾아온 그들만의 세상을 자축하는 듯한 분위기를 즐겼다. 숱한 노력 끝에 마침내 기관장이 된 X 덕분이었다. Z의 모습은 유독 낯설었다. 동남아 협력자들을 웃는 얼굴로 쳐다보며

"저것들은 무한리필 고기집에 가면 그게 뭔지도 모르고 진짜 좋아해!"

라며 거드름을 피우던,

"담배꽁초는 가로수 밑 눈에 잘 띄는 곳에 버려야 잘 버리는 거지! 청소부들이 할 일이 없으면 안 되거든."

하고 담배꽁초를 가로수 쪽으로 휙 던지던,

그 Z는 다른 사람이었던가. X의 옆에 앉은 Z는 '귀엽고 착한 동생이 여기 왔어요!'하는 인사말을 해맑은 미소로 대신해 X에게 지어 보였다. 바퀴 달린 팔걸이의자에 이리저

리 단정한 자세를 잡아보려 애를 쓰다가, 이내 의자 끝에 반쯤 엉덩이를 걸치고 삐딱하니 기대어 앉았다. 공손함, 겸손함, 선량함 같은 단어의 개념들을 온몸으로 표현하기 위해 안간힘을 쓰고 있는 듯했다.

X는 그런 Z의 모습이 귀여운지 더없이 따사로운 눈빛을 수줍게 던졌다. X는 온화하고 자상한 성품으로 주변에 사람이 많았고, 따르는 후배들도 적지 않았다. 다른 사람 일은 몰라도 X의 일이라면 발 벗고 나서는 사람들이 한둘이 아니었고, 무슨 일이 있고 보면 전후 사정 관계없이 일단 보호막을 치고 호위무사를 자처하는 이들도 여럿 있었다. 미투 운동에 연루된 여러 후배들에게까지 힘든 시기도 금방 지나갈 테니 기운 내라고 다독거리며 이런저런 마음을 썼다. 그런 X의 섬세한 배려에 후배들을 늘 안도감과 믿음을 느꼈다.

모든 것이 서울로 집중되어있는 한국이라는 땅에서, X는 이 도시의 이 업계를 지켜주고 끌어주는 우산이자 기둥이었다. 어디서든 이 도시의 후배들을 챙기고, 그들의 권익과 기회를 위해서라면 때로는 부정한 청탁까지도 마다하지 않는 X가 이 업계에 갓 입문한 어린 후배들에게는 롤모델 이상의 존재이기도 했다. 지방의 업계는 그래야만 살아남을 수 있다고, 어차피 무한 경쟁으로는 승산이 없다고, 서울과의 거리 극복은 어려우니 어떻게든 손을 잡고 똘똘 뭉쳐야 무시당하지 않는다고, 알고 보면 그렇게 못나지 않았다고, 지방은 지방만의 방식이 있는 거라고, X는 몸소 행동으로 보여주었다. Y도 X를 진심으로 존경했고 고마워했다.

　　항상 약자의 편에서 가진 자를 공격하는 것이 자신의 본분이라 여겼던 Y에게 X는 큰 그늘이었다. Y는 스티브 잡스를 스티브 잡새끼라 불렀다. 스티브 잡스가 Y에게 잡새끼로 불릴만한 잘못을 했었던가? 뭐 그런 건 중요하지 않았다. Y는 불평등한 자본주의사회의 병폐와 불합리한 권력 구조, 사회나 집단의 개인에 대한 숨겨진 폭력 행사 등을 비난하는 데 언제나 열을 올렸고, 본인보다 조금이라도 나은 사람을 기준으로 약자와 강자를 구분했기에 늘 약자였으며, 열등감이 희박하거나 자존감이 높은 사람을 본능적으로 경멸했고, 호전적이었고, X에게 헌신적이었고, 목이 굵었다.

　　그녀는 전화가 울렸지만 받지 못했다. 곧 같은 번호로 문자가 도착했다. 서울특별시 OO재단 OO분야 전문 자문위원 위촉 건이었다. 그녀의 의견을 전문인력의 소견으로 인정하지 않는 유일한 곳에서, 그녀는 지금 무엇을 하고 있는 것일까. 그녀는 귀에서 위잉 하는 소리를 들었다. 그녀의 할머니는 귀에서 그런 소리가 날 때면, 별 하나가 지는 거라고 하셨다. 또 그녀의 어릴 적 어떤 친구는 세상 어딘가에 살고 있던 한날한시에 태어난 친구가 세상을 떠나는 순간 그런 소리가 들리는 거라고 했다.

이 회사에서 그녀는 그저 그들이 적당하다고 생각하는 사람을 선택해 주면, 그냥 그 사람을 데리고 조용히 일만 하면 되는 사람이었다. 건의 사항을 전달하면 불평불만으로 여겼고, 문제를 제기하면 감정적 싸움으로 여겼고, 개선을 논하면 회사와 지방문화에 대한 모욕으로 여겼다. 회사의 모든 임의적 방침은 '서울에서 온 여자'인 그녀의 공정성과 투명함을 신뢰할 수 없고, 그녀의 전문성을 회사가 보증할 수 없다는 전제하에 급조되었다.

"그건 당신 생각이지."

"그건 당신의 개인적인 성향 문제지."

"그건 당신이 여자라서 하는 말이지."

"그건 당신 감정이 여리고, 너무 일을 잘하려고 드니까 생기는 스트레스 때문이지."

"그건 당신이 여기 물정을 몰라서 하는 소리지."

등과 같은 답변들도 그녀에 대한 대처 방침으로 마련되어 있는 듯했다. 전문 소견이나 진단은 반드시 외부 자문을 통해서 구했다. 외부 자문위원의 자질과 조건은 불투명했지만, 내부에선 그게 누구든 그저 시키는 것만 군소리 없이 잘 처리하는 것이 미덕이었다. 소란스러운 상황이라도 벌어지는 날에는 모든 것이 그녀의 처신 문제로 귀결되었다. 그래 그 모든 것은 공정함과 투명함을 위해서라고 했다. 집안에서 존중받아야 사회에서도 존중받는다고 말씀하시던 그녀의 할머니는, 소풍김밥을 준비하고 있는 엄마 곁에 앉아서 그녀가 김밥 꼬투리를 맛보는 것조차 허락하지 않으셨다. 정갈하게 잘 말아진 김밥을 깔끔하게 잘 썰어서, 그중에서도 제일 예쁜 것만 골라서 주셨다.

세 명의 지원자가 동시에 들어왔다.

삼십 대 전후의 고학력 여성들. 대부분이 석사 학위 소지자였고, 그중에서도 상당수가 해외 유학파였다. 지방이긴 했지만, 업계에선 꽤 인지도 있는 프로젝트들을 주관하는 회사라 유학을 마치고 갓 돌아왔거나 어느 정도의 기본적인 경력이 준비된 경우라면 한 번쯤은 이곳에서 일해 볼 생각을 하게 되는 것도 이상한 일은 아니었다. 그 덕분에 이 회사의 프로젝트는 끝없는 잡음에도 변함없이 지속되었다.

그녀는 이 도시가 싫었다. 사실, 그녀를 괴롭히는 건 이 도시가 아니다. 다만, 이 도시에서 그녀가 당장 일할 수 있는 곳이 이 회사밖에 없었고, 이 회사는 그녀가 도무지 이해할 수 없는 '그들'에 의해 돌아간다는 것이 문제였다.

그녀가 진정으로 견디기 힘들었던 것은, 자신이 도대체 무엇을 모르는지도 모르는 이들의 자신감 넘치는 지시와 결정에 따라야 한다는 것이었고, 이 지방 출신이 아니라는 이유로 현지 실정을 잘 모른다는 평가를 지나가던 개한테도 들어야 한다는 것이었고, 생면 부지의 다수에게 어느새 그녀의 전화번호가 퍼질 대로 퍼져 예기치 않은 시간에 예기치 않은 사람의 전화를 받게 된다는 것이었고, 그 전화의 용건이 '네가 뭐라고 여기 와서 이런 중요한 자리를 차지하고 있냐.'는 꾸지람이거나, 이 도시에서는 자기가 업계 중심이니 모든 것은 사전에 본인과 상의해야 한다는 경고가 대부분이라는 것이었고, 어차피 언제 떠날지 모를 서울 출신 뜨내기였기에 일관성 있게 그런 이들의 집단적 따돌림을 받는다는 것이었고, 그 모든 가학적 행위들에 죄책감을 느껴야 한다는 자체를 인지하지 못하는 것이 그들이 가진 당당함의 원천이라는 것이었고, 때로는 연로한 권력자들에게 진담인지 농담인지 구분조차 쉽지 않은 더러운 말들까지 들어 넘겨야 한다는 것이었고, 그럼에도 불구하고 그녀에게 도움을 주는 이는 찾아보기 힘들다는 것이었다.

하지만 이곳에는, 모르는 사람한테 부탁할 수 없으니 가려운 자기 등에 보습크림을 발라줄 사람이 필요하다며 그녀를 쳐다보던 그 역겨운 눈의 육십이 넘은 노인네의 호색한 습성까지 영웅의 기질로 웃어넘기는 관대함이 있었다.

그렇지만 과거에 이 회사 프로젝트의 성공을 위해 헌신적으로 일했던 어느 타지 출신 책임자가 생을 마감했을 때만큼은, 그들은 최소한의 관대함도 보여주지 않았다. 우울증

이 원인이었기 때문에, 자살이었기 때문에, 인간의 도리를
중요하게 생각하는 이 도시 이 업계의 분위기를 생각해 공식
적인 애도를 표할 수 없다는 것이 회사의 입장이었다. 우울
증으로 인한 자살도 병사 아닌가? 그 우울증과 그들은 완전
히 무관할까?

그녀의 기억 체계는 슬라이드 보관소를 닮았다. 끊임
없이 자동 수집되는 장면들은 카테고리별로 분류된 슬라이
드 트레이에 보관되었다. 하나의 기억 이미지가 여러 개의
카테고리에 중복해서 분류되어도 그것은 전혀 문제가 되지
않았다. 손에 만져지지 않았고, 타인에게 보여줄 수 없었지
만, 그녀는 그렇게 자신의 기억이 정리 정돈되는 것을 이따
금 의식적으로 확인하는 것에 살아있음을 느꼈다. 특정 이미
지가 포함되어있는 관련 카테고리들을 모조리 찾아 역으로
추적해 가보는 것도 퍽 흥미로운 일이었다.

그러나 이 트레이들은 그녀가 굳이 원치 않는 순간에
도 외부 요인에 의해 생성되거나 플레이어에 세팅되어 재생
되었다. 그것은 그녀의 의지와 통제를 벗어나는 것이었다.
소시지 만드는 기술은 중국이 최고라며 3년이 지나도 썩지
않게 만드는 것이 바로 기술의 차이라고 독일 친구들에게 우
기던 중국인 친구 I, 유명 화가의 대표작 카피를 그보다 더
비싼 아크릴 액자에 넣어 벽에 걸고 뿌듯해하던 어느 갑부

미술관장 G, 강남역 근처 반지하 원룸에서 중성화 수술시킨 귀족 고양이 세 마리를 기르며 아침은 꼭 스타벅스에서 먹어야 했던 자칭 고양이 엄마 E, 어린 딸아이를 데리고 지하철을 탄 흑인 여성에게 "햐~, 이런 깜둥이 좀 보게!" 하며 자기 몸도 가누지 못하면서 비틀비틀 손가락질해대던 늙은 주정뱅이, 시내버스 핑크 커버 임산부석에 버젓이 앉아 만삭이 된 내 배를 물끄러미 쳐다보던 야비한 개기름의 중년남. 이 이미지들이 포함된 트레이들을 자주 끄집어내게 만드는 이 회사가 그녀는 진절머리 났다. 그녀는 이 트레이들을 모두 상자에 넣어 기억 저 깊이 찾기 힘든 곳에 넣어두고 싶었지만, 그녀의 기억 체계에는 깊이랄 것이 없었다.

셀 수 없을 만큼의 레이어가 존재했지만, 레이어와 레이어 간 혹은 카테고리와 카테고리 간의 거리는 제로에 가까웠고, 수평적 시간대에 펼쳐져 있었다. 그녀는 이 불편한 트레이들을 선택적으로 봉인할 수 없었다. 회사는 시시각각 관련 트레이들을 플레이어에 올렸다.

그녀는 잠시 집중력을 잃고 과거의 기억 트레이들을 찾아 모으고 있는 자신을 발견하자, 손등 위의 거미를 발견한 듯 소스라쳤다. 세 명의 지원자들은 긴장한 기색이 역력했다. X는 그런 분위기를 부드럽게 만드는 데 능숙한 사람이었다. 특유의 온화한 표정으로 자기소개와 지원동기 등에 대

완
벽
한

심
사

해 편안하게 말해 보라고 말을 꺼내자, 지원자들의 눈빛이 한층 부드러워졌다. 그러자 Y와 Z의 자세도 더불어 편안해 졌다. 다리는 더 벌어지고 허리는 더 뒤로 젖혀졌다. 하지만 X는 품행이 방정한 사람이었다. 면접 총책임자로서의 자태 를 잃지 않았다. 세 명의 지원자들은 누가 먼저 이야기를 꺼 내는 것이 맞는지 몰라 안면이 있을 리 없는 서로의 얼굴들 을 살폈다. 그러자 X는 큰 아량을 베풀어 가장 안쪽에 있는 사람에게 먼저 답을 하라고 권유했다. 질서라는 것이 생기는 순간이었다.

가장 안쪽의 1번 지원자는 유학 생활 중에 이 업계에 관심을 가지게 되었다고 했다. 2번 지원자는 부모님의 사업 을 보좌하면서 바닥부터 일을 배우고 싶어져 지원하게 되었 다고 했고, 3번 지원자는 전공을 살려 줄곧 관련 업계에서 일해오고 있다고 답했다. 참관만 허락된 그녀였지만 그보다 실무 관계자로서 지원자들에게 궁금한 것들이 많았다. 해당 분야와 실제 업무에 대해 얼마나 이해하고 있는지, 궁극적으 로 이루고자 하는 장래 희망은 무엇인지, 이 일을 통해 구하 고자 하는 것은 무엇인지, 그리고 무엇보다 이 일을 사랑하 는지 알고 싶었다. 하지만, 그녀에게 질문할 권리는 없었다. 그녀는 그저 참관인에 지나지 않았으니까. 그러니까 이 모든 것은 공정함과 투명함을 위해서라고 했다. 그러자 갑자기 Y 가 질문을 했다.

"체력은 다들 좋아요? 밤새워서 일을 할 수 있는지 모르겠네. 우리 때는 진짜 힘들었거든!"

누구를 향한 질문이었을까? 누가 먼저 대답을 해야 하는 걸까? 겨우 만들어진 질서가 사라지고 다시 동요가 일었다. 그러자 Y도 선심을 썼다.

"그럼 이제 반대 순서로 대답해 보시죠."

Y의 눈빛은 사뭇 진지했다. 세 명의 면접관 중 유일하게 과거 한때 이곳에서 실무를 경험한 사람으로서의 의기양양함이 넘쳐흘렀다. 십여 년도 훨씬 전에 Y는 행사 목전에 급히 투입돼 두어 달가량 프로젝트 현장 일을 보았던 적이 있었다. 모든 현장 상황을 다 알고 있는 듯한, 두어 달이 아니라 이십여 년 동안은 일한 사람이라야 만들어 낼 법한 표정의 Y. 그의 눈은 반짝이고 있었다. 스티브 잡스는 어쩌다가 Y의 잡새끼가 되었을까?

순서는 친절하게 정해 주었지만 지원자들은 어떻게 대답해야 할지 난감해하는 눈치였다. Y는 무엇을 기대한 것일까? 그냥 체력이 좋아 밤샘 작업을 얼마든지 할 수 있다는 확신과 다짐을 확인하고 싶었던 것일까? 아니면 으름장을 놓으려고? 아니, 그것도 아니면 자기가 이 일은 속속들이 잘 알아서 면접관으로 최적격자임을 선배에게 재차 확인시켜 주고 싶었던 것일까? 하소연이었을까? 근로기준법이라는 게 존재한다는 것을 알고나 있는 것일까?

그녀의 머릿속에 떠오르는 질문들은 멈출 줄 모르고 이어졌고, 그렇게 어색한 상황도 지나가고 있었다. 그때 의자의 회전축을 좌우로 돌리며 무료함을 달래던 Z가 말문을 열었다.

"여기가 서울에 비하면 완전 시골이예요. 일하기 어려울 거예요. 그러니까 잘 생각해보세요. 여기 정말 촌이라니까. 어떻게 생각하세요?"

이건 또 무슨 질문이란 말인가. 오지 말라는 것인가? 아니면 마음을 단단히 먹고 오라는 것인가? 캐주얼한 분위기 연출을 위해 자기 연고지 비하로 웃음을 유발하려고 했던 것인가? 그녀는 이 기묘한 정겨움이 정말 싫었지만, 이 또한 다행히도 지나가고 있었다. X가 질문을 던졌다.

"현대사회의 특징이 뭐라고 생각하세요?"

정적이 흘렀다.

"그걸 영어로…… 한 번 대답해 보시지요."

X가 속삭이듯 덧붙이자

"그래, 그래 영어로!"

라며 Y가 거들었다. 그녀는 머리가 아득해지는 것 같았다. 현대사회의 특징? 정작 X 자신은 면접 때 이런 질문을 받으면 답할 수 있을까? 그것도 영어로? 그녀는 이런 질문으로 언어 능력을 확인해 보겠다는 X의 의중을 파악하기 힘들었다.

그러면서도 현대사회의 특징이 정말 무엇인지 계속 생각하게 되었다. 무엇일까? 현대사회의 특징이란. 현대사회를 움직이는 건 결국 열등감 아닐까? 그것을 감추고 극복하려는 이들의 복잡다단한 노력이 현대사회를 만드는 것 아닐까?

신체적으로 완벽한 곳이라고는 없는 인류로서의 열등감, 비교 우위에 있는 어떤 대상에 대한 끝없는 열등감, 가지지 못한 것에 대한 열등감, 걸어보지 못한 길에 대한 열등감, 영원히 혼자일 수밖에 없는 직립 보행족으로서의 열등감, 조절력을 행사할 수 없는 시간과 우주에 대한 열등감……. 그리고 자격지심. 피해의식. 그녀는 생각을 멈출 수가 없었다.

하지만 그녀가 떠올리는 생각들은 오늘 같은 면접에서 답변으로 내놓기에 썩 훌륭한 내용이 아니라는 것도 알았다. 그녀는 점점 초조해졌다. 그녀는 마치 자기가 질문을 받기라도 한 듯, 그래서 이 정적이 길어지기 전에 무슨 대답이라도 만들어내야 하는 듯, 더해가는 초조함에 입술이 바짝 말랐다. 목이 탔다.

그러나 면접관 테이블에 마련되어 있는 음료와 생수, 다과가 담긴 접시가 그녀의 테이블엔 없었다. 이 기관의 전통상 참관인은 그런 대우를 받아 마땅했다. 그리고 물어보지 않았지만, 그 모든 것은 공정함과 투명함을 위해서일 것이다. X는 또 한 번의 자애로운 태도를 보여주었다.

"아, 뭐, 한국말로도 설명이 쉽지 않을 텐데, 그냥 넘어가셔도 됩니다. 하하하."

X, Y, Z는 서로를 바라보며 난데없는 웃음꽃을 피웠다. 그녀는 두려웠다. 혹시라도 저들 중 누구 하나가 선발되더라도, 오늘의 이 분위기를 감지하고 입사를 원치 않을 수도 있었다. 그렇다면 채용 과정을 반복해야 될 텐데, 그때까지 부족한 인력은 무엇으로 채운단 말인가.

지원자들이 인사를 하고 밖으로 나가자, 면접관들은 자동화 기기처럼 잡담 모드에 들어갔다. 지원자들의 이력서를 바닥에 펼쳐놓고, 얼굴을 손가락으로 가리켜가며 이야기를 나누었기에, 정확히 누가 거론되고 있는지 그녀는 알 수 없었다. 그녀는 대화에도 참여할 수 없었다. 그래서 그냥 지원자들의 자기소개서를 다시 꼼꼼히 읽어 내려갔다.

"얘는 고집 세게 생겼어. 성깔 있겠다고. 원래 눈이 이렇게 생긴 애들이 좀 그렇잖아."

"얘는 말 잘 듣겠던데? 순해 보이고. 근데 사진이 이게 뭐야? 너무 고친 거 아냐? 사진만 보고 처음엔 스튜어디스급이 오는 줄 알았잖아! 요즘 여자애들은 진짜 문제야 문제."

"얘는 별로인 것 같아. 내가 OOO에서 일한 애들 몇 명 아는데, 다 별로야, 거기 애들은 다 똑같아. 똑같이 못됐어. 아주 제 잘난 줄 아는 애들이거든. 하나같이 나를 못 잡아먹어 안달이라니까."

"얘는 뽑아주면 안 되는 거 아냐? 아까 말하는 거 듣고 자기소개서 들춰 보니까 아버지가 OO물산 회장이라는데, 그런 사람한테 기회를 줄 수 없잖아. OO물산 지방에서는 꽤 유명한 기업인데, 다들 몰라? 아무튼, 회장 딸이라잖아. 뭐가 아쉬워서 일을 열심히 하겠어. 안 그래? 주소도 보니까 엄청 비싼 주상복합이던데."

"요즘에 정말 사람 없다 없어. 뽑을 사람이 없네. 기회를 주려고 해도 사람이 없단 말야."

그들의 대화는 그녀를 불편하게 했다. 기억의 트레이가 엄청난 속도로 분류되고 생성되었다.

4, 5, 6번 지원자들이 들어왔다.

면접 내용은 크게 다르지 않았다. 다만 이 지방에 연고가 없는 지원자들에게 어디에 살 계획이냐는 Z의 질문에 5번 지원자가 머뭇거리자, Z는 이전과는 반대로 이 도시가 정말 살 만한 곳이라며 너스레를 떨었다. 있을 건 다 있고 없을 만한 것조차도 찾아보면 있는 곳이라고. 사람 좋은 곳이라고.

지원자들이 나갔다. Z가 몸을 일으켜 허리를 세우며 말했다.

"내년에 시에서 크게 추진하는 건축물 리모델링 사업이 하나 있는데, 내가 그 사업 업체선정 심사위원으로 들어갔었거든. 지난주에. 그거 담당하고 있는 팀장이 내 동기잖아. 그 친구랑 학교 근처에서 술 진탕 마신 다음날이라 술도 덜 깨서 갔는데, 글쎄 가보니까 U건축사무소 V소장이 PT를 하러 왔더라고. 나 정말 걔 연락도 못 받았거든. 다들 알지? V소장. 걔가 어리긴 한데 엄청 예의가 발라. 나랑 전에 같이 피웠던 영국 담배 기억나지? 그것도 걔가 준거잖아. 명절마다 그렇게 안 빠지고 나를 꼭 챙겨주고 말야. 작년에 여행도 같이 갔었는데, 그때도 어찌나 부지런히 여기저기 알아서 착착 안내를 해주던지. 젊은 애가 아주 유연하고 자세가 좋더라고. 아, 그리고 걔 와이프 미모가 장난 아니잖아. 그래서 사실 경쟁 업체가 좀 센 곳이었는데 내가 우겨서 U건축으로 선정했지! 그런 애들한테 기회가 자꾸 생겨야 업계가 활기도 생기고 발전하는 거지, 잘난 것들만 자꾸 해 처먹으면 되겠어? 안 그래?"

7, 8, 9번 지원자들이 들어왔다 나갔다.

면접이 끝나자 세 명의 면접관들은 서로 약속이나 한 듯 의자 등받이에 걸쳐둔 윗옷 주머니 어딘가에서 담배와 라이터를 꺼내 들었다. 그리고는 그녀에게 지원자들 중 누가 맘에 들었는지 물었다. 그녀는 경력 사항이 준수하고 태도가 좋았던 2명의 이름을 말했고, 그런 인력이 있으면 업무에 큰 도움이 될 것 같다고 덧붙였다. Z가 이름이 기억나지 않는지 누구였지? 하면서 지원서류를 다시 뒤적인 후 말했다.

"아~ 그 머리 염색하고 높은 구두 신은 애랑 삐쩍 마른 애? 걔는 좀……. 아무튼, 알았어요."

면접관들은 주 출입구 반대쪽으로 난 문으로 나갔다. 면접 장소에는 그녀 혼자 남았다. 담배는 흩어진 의견을 모으고, 떨어진 판단력을 올려주는 모양이다. 항상 이 시점이 되면, 면접관들은 마치 정해진 식순인 듯 자연스럽게 담배를 피우러 나간다. 지하에서 1층으로, 고층에서 1층으로, 문이 있는 곳에서 문이 없는 1층으로. 그녀는 지원자 중 누가 선택될지 궁금했다. 그리고 자신의 의견을 전달한 만큼, 그것이 조금이라도 반영이 되길 바랐다.

얼마 전까지 같이 일했던 L은 타고난 사회성으로 회사에서 높은 평을 받았던 인물이다. 밤새 온라인 게임으로 아이템들을 발굴하느라 바빴고, 그래서 지각과 눈에 뻔한 거짓 변명이 잦았고 업무 실수가 무지막지했던 L이었지만, L에 대한 회사 간부들의 칭찬은 가실 날이 없었다. 회사 사람이건, 손님으로 잠깐 들른 사람이건, L의 기준으로 중요한 인물이라는 판단이 선 경우라면, 그들의 담배 타이밍을 L은 절대 놓치지 않았다. 등이 가려워 보습크림을 발라야 했던 그 노인네도 승합차로 단체 이동을 할 때면 주변 간부들에게 자신의 죽지 않은 에너지를 자랑이라도 하듯 그녀의 탁월함에 대해 떠들어 댔고, 그것을 듣고 있던 간부들은 누가 마음속 말을 대신해 주기라도 한 것처럼 맞장구를 치곤 했다.

"우리 회사에서는 L이 제일 예쁘지. 아주 색기가 넘치는 게 말이야. 엉덩이도 실하고, 담배 피우는 자태가 진짜 섹시함 그 자체야. 부모님이 나랑 동향 사람이던데, 정기를 받았나? 우리 동네 여자들이 또 죽이거든. 보일 듯 말 듯한 그 젖가슴 한 번 만져 봤으면!"

그녀는 심한 갈증을 느꼈다. 그래서 면접실을 비워 두고 밖으로 나갔다. 보안도 되어 있지 않은 면접실에 온갖 면접 관련 서류들을 방치하고 밖으로 나가는 것이 맘에 좀 걸렸지만, 그녀는 지원자도 면접관도 진행자도 아니었기에 두어 번의 망설임 끝에 그냥 나갔다 오기로 했다.

이번엔 7호 화장실로 갔다. 7호 화장실은 공무원들이

상근하는 사무실 바로 옆이라 냉온정수기가 있기도 했지만, 무엇보다 건물 전체를 통틀어 유일하게 따뜻한 물과 핸드타월이 있는 곳이었다. 같은 건물에 입주해서 월세를 꼬박꼬박 지불하고 있는 민간회사들이 적지 않았지만, 공무원들의 그 방침에 토를 다는 사람은 딱히 없었다. 하긴, 어쩌면 청소 용역회사가 비용 절감을 위해 임의로 그렇게 관리하고 있는 것인지도 모른다. 아니 그것도 아니다. 어차피 그 용역들도 최근에 모두 공무직으로 전환되었으니, 결국엔 공무원들의 방침이 아닐 수 없다.

　여하튼 7호 화장실은 특별했다. 변좌가 따뜻한 비데도 있었고, 부드러운 2겹 휴지도 있었고, 깨끗이 관리가 되고 있었고, 그리고 무엇보다 조용했다. 8호 화장실에서는 때때로 듣기 싫은 남의 개인사를 들어야 할 때가 있었다. 쉴 곳 없는 청소인력들이 8호 화장실 제일 구석진 자리 변기 커버 위에 전기방석을 깔고, 간이 의자 두어 개를 더 들여 휴게 공간으로 사용하고 있었기 때문이었다.

　지난 휴일에 며느리의 철없는 짓에 왜 화가 났는지, 자기 아들은 또 얼마나 착하고 듬직한지, 사돈집 처녀의 팔자는 어쩌면 그렇게 늘어졌는지, 병원 검진이 언제부터 두려워졌는지. 때론 사각사각 사과 씹는 소리와 함께, 때론 바스락바스락 먹을 것을 꺼내는 소리와 함께. 혹한기에도 천국같이 아늑하고 포근한 7호 화장실을 멀찍이 두고, '여사님'으로 불리는 그들은 8호 화장실에서 추위에 떨며 도란도란 수다를 떨었다.

그녀는 7호 화장실이 좋았다. '선진문화시민, 깨끗한 화장실은 우리의 자랑입니다.' 똑같은 문구를 담은 액자도, 8호 화장실에서는 시대에 뒤떨어진 계몽운동의 잔재로 보였지만, 7호 화장실에서는 푸근한 지방 인심을 담은 상냥한 권유로 느껴졌다. 하지만 그녀는 7호 화장실에 선뜻 자주 가기가 어색했다. 특실 열차 복도의 무료 음료를 슬쩍 챙기는 것도 아닌데 말이다.

면접실엔 아무도 없었다. 그녀는 부담스러운 정적을 홀로 인내하며 또 시간을 보냈다. 이윽고 면접관들이 다시 들어왔다.

"그럼 그렇게 마무리할까요?"

그들 중 누군가가 마치 연극 대사를 외듯 또박또박 말했다. 신선한 공기를 마시고, 향기로운 담배 연기를 마신 덕인지 그들의 분위기도 사뭇 달랐다. 그녀는 어쩐지 알 수 있었다. 처음부터 그녀의 의견 따윈 중요하지 않았다는 것을. 면접관들은 각자의 자리에 앉아 채점표를 작성하고 서명을 했다. 그녀가 할 수 있는 것은 아무것도 없었다. 그냥 앉아 있기. 잠시 후 면접 진행자가 들어와 면접관들의 채점표를 수합하기까지, 그녀는 그녀가 왜 그 자리에 계속 앉아 있어야 했던 것인지, 그녀가 할 수 있었던 것은 무엇이었는지, 그녀의 역할은 무엇이었는지 생각했다.

위잉하는 소리가 들렸다. 그녀는 알아차렸지만 모든 것은 끝난 뒤였다. 사실은 X, Y, Z의 공명정대한 심사과정을 보증하는 증인이라는 설정에 그녀가 필요했음을.

위잉.

진행자가 채점표를 들고 나갔다. 면접관들은 각자의 물건들을 챙겨 서로의 얼굴을 만족스러운 듯 살피며, 누군가의 인생에 지대한 영향을 미칠 수 있는 결정권이 본인들의 손에 있다는 사실에 의기양양해하며 면접실을 떠났다. 그녀도 그녀의 물건들을 챙겨 자리로 돌아갔다.

여전히 겨울이었다.

8호 화장실은 민간인.

7호 화장실은 공무원.

모든 것은 공정함과 투명함을 위해서라고 했다.

당신
뜻
대
로

1

"나는 96세에 죽을 거야."

여든 살의 그녀는 세상일 마음 먹은 대로 하는 것쯤 어렵지 않다는 듯 말했다. 지난달부터 방문 돌봄 어르신으로 만나게 된 그녀는 남다른 분위기를 풍겼다. 팔십 노인이라고는 믿기 어려울 만큼 잘 관리된 피부와 차림새, 화장대 가득한 메이크업 용품들, 주름 개선용 전자 마스크, 안마의자와 러닝머신 등등. 이십여 년간 요양보호사로 일하면서 만나온 여느 노인들과는 분명 다른 부류의 사람이었다. 최근에 허리 수술을 받아 혼자 생활이 불가한 상황이라는 사전 정보와 전혀 다른 모습에도 나는 적잖이 당황했다. 요양보호 대상으로 적정 판정을 받으려면 꽤 까다로운 절차들이 있는데, 그녀는 어떻게 그 과정들을 통과한 것일까. 하긴, 그녀는 뭐든 마음 먹은 대로 해내는 사람이었다.

내가 다른 집에서와는 달리 가사까지 신경 쓰고 있는 것도, 그녀가 센터에 웃돈을 내고 가사도우미 역할도 가능한 요양보호사 배정을 요청했기 때문이다. 나로서는 어느 정도의 추가 수입이 생기는 일이라 거절할 이유도 없었다. 지금껏 다양한 어르신들을 돌봐오면서, 사람을 구분하는 것이 크게 의미 없는 일이라 생각하게 되었지만, 그녀에게서 느껴지는 고귀함과 천박함, 선함과 악함의 오묘한 혼재는 나의 분류 본능을 자극했다. 그녀는 때때로 나를 60~70년대 가정부 부리듯 했지만, 그래도 욕설을 하거나 고성을 지르진 않았다. 그녀는 체면을 차릴 줄 아는 사람이었다. 무엇보다, 목욕시키는 번거로움을 덜 수 있어서 좋았다.

"나는 숫자 중에 3, 6, 9가 좋아. 아름답잖아!"

그녀의 감정에 공감하기는 어려웠지만, 그녀가 이야기를 꺼낼 때는 뭔가 낯설고 기묘한 내용을 들을 수 있어 나는 매번 귀를 기울였다. 낮엔 요양보호사로 일하고 밤엔 드라마 작가로 일하는 나에게, 그녀는 매우 흥미로운 캐릭터였다.

"아이들도 말이지, 첫째는 끝이 3으로 끝나는 해에, 둘째는 6월에, 셋째는 9일에 낳았다니까. 그래서 나는 96세에 죽을 거야. 우리 외할머니, 엄마도 모두 96세에 돌아가셨어. 그래서 나까지 96세에 죽으면, 3이 되는 거야. 아름다운 3! 내가 얼마나 노력을……."

그녀가 말끝을 흐렸다. 바닥을 훔치다가 멈추고 쳐다보니, 그녀는 식탁에 앉아 앞에 놓인 물잔을 한 손으로 빙그르르 돌리며 위태롭게 움직이는 물을 뚫어지게 쳐다보고 있었다. 그러다 갑자기 얼굴 가득 웃음을 띠며 말했다.

"내가 엄마 모시고 살 때, 하루는 시청에서 사람이 나온 거야. 벨을 누르길래 나가 봤더니, 독거노인을 확인하러 왔대, 글쎄. 우리 엄마는 남동생 집 주소에 올라가 있어서, 그 집 주소로 되어 있는 사람은 나밖에 없었거든. 그러면서 손에 든 리스트에 씌어 있는 내 이름하고 생년월일을 읊어 주면서 지금 어디 계시냐고 물어보더라고. 그래서 그게 나라고 대답했지! 하하하. 그랬더니, 그 사람이 뭐라고 했는지 알아? 사모님 말고, 사모님 어머님이 어디 계시냐는 거야. 하하하하하하.

내가 어찌나 웃기던지! 그래서 잠시 기다리라고 하고, 안에 들어가서 주민등록증을 갖고 나와서 보여줬더니, 이 연세에 이렇게 젊어 보이는 사람은 처음 본다는 거야! 60대라고 해도 믿겠다면서! 하하하하하."

그렇잖아도 자기애가 넘치는 그녀였다. 그런데 이 이야기를 할 때 그녀의 표정은 이 세상의 모든 특권을 관장하고 있는 존재의 그것처럼 느껴졌다. 그리고 실제로 그녀는 그 특권을 아주 잘 활용할 줄 아는 사람이었다. 며칠 전 싱크대 수전을 교체하러 왔던 연세 지긋해 보이는 업체 사장님도, 그녀와 몇 마디 주고받고는 출장비 대신 악수를 청하며 문제가 있으면 언제든 다시 불러달라 부탁을 하고 돌아갔다.

"3시네! 미용실 가기 좋은 시간이다. 나 좀 데려다줄래?"

나는 그녀를 미용실 앞에 내려주고, 6시에 다시 모시러 가겠다 약속하고 집으로 돌아왔다.

2

현관문을 열자 깨알만 한 바퀴벌레 여러 마리가 거실 바닥을 이리저리 방향 없이 돌아다니고 있었다. 그녀의 화장대에는 여러 유명 브랜드의 로고가 새겨진 안경들이 즐비했지만, 쓰는 법이 없었다. 얼굴이 이상해 보여서 싫다고 했다. 그녀에게 외모는 자신감의 원천이자 가장 효과적인 사업수완이었다. 그런 외모에 악영향을 미치는 것이라면, 그녀에겐 그게 무엇이든 선택할 이유가 없었다. 하지만 가뜩이나 시력이 좋은 편도 아닌데, 피할 수 없었던 노안까지 감당하려니 불편함이 적지 않았을 것이다. 그래서 근사한 안경을 맞추고 거울을 보며 다시 안경 벗기를 반복하다가 결국은 여러 개의 안경이 쌓이고 쌓인 상황이 되었다.

하루에 한 두 시간씩 빠른 걸음으로 산책을 해보라는 의사의 권유에 밖으로 나가는 대신 러닝머신을 들여놓은 것도, 빨리 걸으면 땀이 나서 화장이 지워지기 때문이라고 했다. 특히나 그녀는, 다른 사람들에게 보여주는 모습만큼 본인이 거울을 통해 보는 자신의 모습도 중요하게 생각했다. 그래서 집에서도 안경들은 그저 보관되어 있을 뿐이었다. 그러니 바닥에 기어 다니는 조그만 바퀴벌레들을 알아차릴 만큼 그녀가 주변을 선명하게 볼 일은 거의 없었을지도 모른다. 내 눈에만 보이는 것이다. 때론 보고 싶은 것만 보고, 듣고 싶은 것만 듣고, 알고 싶은 것만 알고 살아가는 방법이 궁금할 때도 있다. 혹시 그녀의 삶은 그런 통찰의 결과물인 것일까.

아무튼 마침 그녀도 집을 비우고 없으니, 나는 마음 편하게 바퀴벌레들을 잡아 볼 생각을 했다. 바퀴벌레를 특별히 싫어하거나 무서워하진 않았지만, 청소를 마친 직후에도 꾸물꾸물 기어 나오거나, 어제 닦은 식탁 다리 밑에 배를 뒤집고 죽어있는 개체들을 마주하는 것은 정말 역했다. 가구들과 냉장고 밑에는 살충제를 잔뜩 뿌리고, 손이 닿기 어려운 구석에는 살충 패치를 붙였다. 15분 정도 재활용 쓰레기와 음식물 쓰레기 등을 처리하고 돌아오니, 제법 크기가 있는 바퀴벌레들까지 거실로 기어 나오고 있었다. 살육의 현장. 살충제에 흠뻑 적신 키친타월로 바닥을 힘주어 스윽 닦으니, 움직임이 둔해진 생명체들이 모두 그 밑으로 들어왔다. 한 마리도 빠져나가게 할 수 없다는 굳은 의지로 키친타월을 눌러 오므렸다. 토도독거리는 소리의 출처를 나는 굳이 파헤치고 싶지 않았다. 불필요한 것들이 조용히 제거되고, 바닥엔 번들거리는 기름기만 남았다.

　그녀의 집엔 방이 3개 있었다. 제법 큰 침실은 진귀한 자개장 세트와 침대로 가득 채워져 있었고, 비슷한 사이즈의 운동실에는 각종 유산소운동 기구들과 안마의자가 설치되어 있었다. 눈이 가는 것은 가장 작은 크기의 기도방이었다. 이곳에는 평범한 수납장 위에 그녀의 부모님 사진과 향로, 촛대 등이 갖춰져 있는 재단 같은 것이 마련되어있었고, 마주하는 곳에 커다란 1인 소파가 놓어있있다.

　그렇다고 신내림을 받은 무당의 신당 같은 분위기가 풍기지는 않았다. 그녀는 새벽마다 그 소파에 앉아 기도를 올린다고 했다. 그녀는 나와 같이 외출하거나, 외출에서 돌아올 때면, 마치 나에게 듣기라도 하라는 듯

　"엄마, 저 다녀올게요!"

　"아버지, 저 다녀왔어요!"

　하고 인사를 했다.

설거지와 청소를 마치고, 저녁까지 간단히 준비하고 나니 6시가 다 되어가고 있었다. 조금이라도 기다리는 것이라면 질색하는 그녀의 얼굴이 떠올라 서둘러 자동차 키를 챙겼다. 거실을 가로질러 현관문을 향해 종종걸음으로 걸어가다가, 나는 그만 기름진 바닥에 미끄러져 머리를 바닥에 부딪힌 후 정신을 잃고 말았다.

"별일 없다니 됐다. 저녁? 오늘 저녁은 어째 생각이 없네."

한참 뒤 정신이 들었을 때, 나는 어딘가 적막한 곳에 누워있었다. 하지만 어찌 된 일인지 내 몸이 움직이지 않았다. 눈도 떠지지 않았다. 다만 익숙한 그녀의 목소리가 가까이에서 들렸다. 그녀는 누군가와 통화를 하는 듯했다.

"그래, 알았다니까. 약도 챙겨 먹을게. 알았으니까 그만 끊어!"

전화기 커버를 내동댕이치듯 닫는 소리가 들렸다.

"꼭 이렇게 내가 뭔가 하려고 하면 사람을 방해한다니까."

전화 통화를 마친 그녀가 투덜거렸다. 잠시 후, 그녀의 머리가 내 얼굴에 닿는 느낌이 들었다. 머리카락이 내 입술과 턱에 닿아있는 동안, 그녀의 날숨이 내 두 눈 위로 쏟아졌다. 미용실에 갓 다녀온 그녀의 머리카락에선 독한 염색약 냄새와 향기로운 자몽 샴푸 냄새가 동시에 풍겼다. 그녀는 내가 숨을 쉬고 있는지 확인하고 있는 게 분명했다. 나는 다시 눈을 떠보려고 안간힘을 쏟아 보았지만 허사였다. 이게 무슨 상황인지, 나 아직 살아 있으니 도와 달라고, 뭐든 말하고 싶었지만 되지 않았다.

"아직 살아는 있네! 다행이다. 내 집에서 누가 죽어 나가는 건 기분이 좀 더러울 것 같아. 그러니까, 죽더라도 나중에 나가서 죽으라고. 내가 아직 병원이랑 센터에는 연락을 안 했어. 네가 날 기다리게 했잖아. 6시가 한참 지나도 연락도 없지. 그러니 내가 얼마나 고생하면서 집으로 돌아왔겠어? 택시가 안 잡혀서 길가에 한참을 서 있었다니까, 내가! 택시비로 내가 5,600원을 냈다고. 그러니까, 너도 내 얘기 정도는 들어주고 가야지. 지금 상태를 보아하니, 언제 돌아올지도 모르는데. 안 그래? 내가 좀 답답했거든. 어디 말할 곳도 없고. 잠깐, 내가 아까 어디까지 했더라? 내 정신머리 좀 봐. 내가 요즘 이렇게 깜빡깜빡한다니까! 그냥 처음부터 다시 들어봐. 그리고 이 얘기는 네 마지막 일이라 생각하고 무덤까지 갖고 가는 거야. 알았지?"

6

아버지가 돌아가시고 나니 엄마가 혼자 남았지. 그런데, 돌보겠다는 사람이 나밖에 없는 거야. 그래도 다행이지 뭐야. 내가 엄마를 모시고 있는 동안에는 동생들도 나한테 고마워할 수밖에 없잖아. 특히나 큰동생은 제 가족들도 멀리 있는데, 엄마라도 안 계시면 사업이고 뭐고 다 정리하고 가족들이랑 같이 있겠다고 떠나려 들 텐데, 내가 붙잡을 명분도 없고 말이야.

그래도 엄마한테까지 등 돌리고 다른 사람들 욕을 달게 먹을 만큼 독한 사람은 아니니, 내가 엄마랑 같이 있는 동안에야 그럴 리 없을 거라 생각을 했지. 점점 제 가족들과 보내는 시간이 길어지긴 했지만, 엄마를 끝내 떠나지는 못하더라고. 큰동생 없는 내 인생은, 글쎄, 상상하기도 싫었는데……, 엄마가 죽고 나니까 이제 연락도 잘 안 하네. 자기 마누라보다 내가 더 깊이 사랑하고 아낀다는 걸 걔는 왜 모르는 걸까? 나쁜 년!

제까짓 게 뭐라고 감히 내 동생이랑……. 위선으로 똘똘 뭉쳐진 가식덩어리. 나쁜 년.

시부모가 있어도 모시겠다는 말 한마디 안 하면서, 나이 들면 양로원 가서 할머니들 발 씻겨드리며 살고 싶다나? 미친년. 암튼! 그렇게 내가 엄마를 10년 동안 모시고 살았어.

10년이나. 처음엔 재미 좋았지. 주변 사람들이 효녀라고 어찌나 칭찬을 하던지! 남동생도 그 칭찬받고 싶어서, 사람들 만날 때마다 어머니가 살아 계신 것이 얼마나 큰 복인지 모른다고 떠들어 댔다니까. 효자 효녀 남매로 유명했지. 명절에는 갖가지 선물들이 넘칠 지경이었고, 엄마 갖다 드리라며 귀한 먹거리 챙겨 주는 사람들도 많았어. 그래서 어느 때부터인가, 엄마도 외할머니 만큼만 살다 가시면 소원이 없겠다고 입버릇처럼 말하기 시작했어.

말했지? 우리 외할머니도 96세에 돌아가신 거. 솔직히 엄마가 그렇게 오래 살 거라고 생각은 안 했어. 허리랑 다리도 많이 안 좋았고, 그렇게 건강한 체질은 아니었거든. 그런데 10년이 다 되어 가니까, 덜컥 겁이 나더라고. 이러다 내 인생도 끝나는 거 아닌가 싶고. 친구들은 자식들 다 키워 놓고 놀러 다니느라 바쁜데, 나는 어쨌든 잠은 집에서 자야 하고, 며칠 집을 비우더라도 밥은 미리 챙겨놔야 하니 답답해 죽겠더라고. 게다가 엄마 혼자 놔두고 어디 가서 좀 놀다가 늦기라도 하면 딸년들이 어찌나 지랄을 하던지. 그년들은 생활비 벌어다 준 건 난데, 외할아버지 외할머니가 자기들 키웠다고 끔찍이도 챙긴다니까. 배은망덕한 년들.

어미 노릇 좀 못했다고 왜 내가 그년들 눈치를 봐야 되는데? 차라리 욕을 하던지. 꼴에 고상한 척 한다고

"엄마도 많이 답답하겠지만 백 살이 다 돼가는 할머

니가 혼자 집에 계시니 마음이 편칠 않네."

　이런 말 같잖은 소리를 늘어놓더라고. 성가시게. 그러다가 몇 년 전에 엄마가 96세가 딱 되었는데, 이제 어쩌지 싶은 거야. 자기 인생은 자기가 노력해서 바꾸는 거잖아. 아버지도 살아생전에 그러셨거든. 타고난 사주팔자는 못 바꿔도 운명은 본인이 노력하면 바꿀 수 있는 거라고. 그래서 나도 내 인생을 위해 노력을 해보기로 마음을 먹었어. 다행히 엄마도 점점 기력을 잃고 있었던 참이고. 먼저 밑밥을 좀 깔았지. 여차하면 뭔가 해야 할 상황이었으니까. 외할머니도 96세에 돌아가셨는데, 엄마가 마침 96세가 되니 불안하다고 여기저기 말을 흘렸어. 올해를 잘 넘겨야 할 텐데 걱정이라고. 딸년들한텐 엄마 정신이 왔다 갔다 한다고 했지. 내가 없던 일을 있었다고 우기면 엄마는 그냥 그러려니 했거든. 그런데, 사실 그 나이에 그렇게 정신이 또렷하니 징그럽더라고. 어쨌든 엄마는 내가 무슨 말을 해도 다 들어주는 사람이라, 가끔은 심한 말도 좀 했는데, 그때마다 엄마가 며칠씩 아프더라고. 잘 먹지도 않고. 그래서 그거다 싶었지.

　좀 괜찮아지면 또 한 마디 하고, 또 좀 괜찮아지면 또 한 마디 하고. 사실 나도 스트레스 풀 곳이 좀 필요하잖아. 그런데, 엄마 정신력이 생각보다 강한 거야. 11월이 되었는데도 멀쩡하더라고. 게다가 그해 초에 바뀐 요양보호사가 엄마한테 너무 잘하는 거야. 돌아가신 자기 엄마 같다나? 제기

랄. 자식한테 번듯하게 남길 유산도 없는 사람이, 떠나는 거라도 알아서 척척 해주면 좋을 텐데, 마지막 가는 길까지 사람을 번거롭게 하대. 12월은 넘기지 말아야 하는데, 그 요양보호사가 종일 붙어 있으니 내가 뭘 할 수 있는 틈이 없더라고. 그래서 그 요양보호사부터 치우기로 했지.

남의 식구 쫓아내기에 제일 좋은 방법이 뭔지 알아? 그건 내가 좀 잘 알지. 내가 옷장 깊숙이 넣어두는 보석상자가 2개 있었는데, 그걸 다른 곳에 좀 숨겨두고, 정말 손댄 거 아니냐고 다그쳤어. 눈물을 뚝뚝 흘리면서 자기는 절대로 그런 짓 하는 사람 아니라는 거야. 나는 어쨌든 집에 있는 물건이 없어졌으니, 불안해서 살 수 없다며 그만 나오라고 했어. 그리고는 딸년들이랑 남동생한테도 그렇게 얘기했지. 보석상자에 손댈 수 있는 건 그 요양보호사밖에 없는데, 아니라고 하도 잡아떼서, 조용히 원래 자리에 갖다 놓기만 하면 내가 아무 일도 없었던 것처럼 넘어가겠다 했더니, 다이아 목걸이 2개만 빼고 원래 자리에 가져다 놓고 도망갔다고. 그래서 사람 들이기 무서워서 다른 요양보호사도 못 부르겠다고 했어. 그랬더니, 그것들이 믿더라고. 뭐 내가 워낙 믿음이 가게 연기를 했지만. 엄마한테도 당연히 똑같이 말했지. 그랬더니 엄마가 또 앓아눕더라고. 좋은 사람인 줄 알았는데, 어찌 그런 일을 했냐며 실망이 이만저만이 아닌 거야. 그러니까 이제 또 딸년들이 제 할머니 보겠다며 줄줄이 왔다 가더라고. 마지막 인사도 하고 잘됐다 싶었지. 그러고 나니 벌써 11월 말이 돼버린 거야. 더 늦추다가는 상황이 어려워질 수도 있겠더라고. 그래서 마음을 먹었지. 뭔가 해보기로. 엄마가 저녁에 잠자리 들고 나서 머리맡에 물 한잔 갖다 놓고 나도 내 방으로 자러 갔지. 엄마는 자다가도 일어나서 가끔 물을 마시거든. 그래서 미리 준비해 둔 걸 좀 탔어. 그걸 마시는 걸 직접 보기는 좀 그렇더라고. 그래도 막상 자려고 하니까 심장이 벌렁거려서, 밤늦도록 TV를 보다가 겨우 잠이 들었어. 아침에 일어나서 엄마 방에 가보니, 엄마가 문을 등지고 앉아 있더라고. 그래서 엄마! 하고 부르면서 툭 건드렸더니 그대로 옆으로 쓰러지는 거야. 이불 여기저기에는 검은 물 같은 토사물이 묻어 있고. 아……, 그땐 눈물이 좀 나더라. 미안하기도 하고, 나한테 이런 일까지 하게 만드는 엄마가 원망스럽기도 하고.

　나는 먼저 가족들이랑 주말을 보내고 있는 남동생한테 전화를 했어. 마침 엄마 걱정이 돼서 계획보다 일찍 집으로 오는 중이었다는 소리를 들으니 사람 직감이 참 무서운 거라는 생각이 들더라. 딸년들한테 알리면 분명히 득달같이 달려와서 호들갑을 떨어댈 테니, 병원에 먼저 전화를 했어. 지병이나 질병도 없었지만, 워낙 고령이고 하니 아무도 의심을 안 하더라고. 그 뒤로는 그렇게 어렵지 않았어. 몇 달 동안 열심히 생각해 둔 대로 전날 있었던 일들을 풀어 놓았지.

엄마가 불러서 갔더니, 아직 많이 길지도 않았는데 손발톱을 깎아 달라고 해서 그렇게 해 드렸다고. 그러고 났더니, 엄마가 내 손을 잡고 그동안 수고했다며, 편히 잘 쉬라고 하길래, 엄마는 왜 갑자기 이상한 소리 하냐며 같이 붙잡고 펑펑 울었는데, 아무래도 마음이 쓰여서 아침 일찍 엄마 방에 가보니 엄마가 그렇게 앉아 있었다고 얘기했지. 사람들이 다 사실로 받아들이고 같이 울더라. 뭐 사실이 아닌 것도 아니지 뭐. 나는 그냥 엄마의 마지막 길을 드라마틱하게 포장해 준 거니까.

자기 죽음을 미리 직감했던 우리 아버지처럼 말이야. 아버지가 돌아가시기 전에 딸년 하나가 병원에서 간병을 했는데, 그년 말이 아버지가 돌아가시기 전날에 손발톱을 깎아 달라고 하더니, 다음 날 아침에 집에 가서 푹 쉬고 오라고 했다더라고. 평생을 같이 한 부부가 같은 생각을 가지고 같은 방식으로 죽음을 준비했다는 것 자체가 멋지지 않아?

하하하.

그래서 말이지, 나도 96세에 죽을 거야. 아름다운 숫자 3으로 끝내는 거라고. 잠깐! 9시네? 119에 전화하기 마침 좋은 시간이다. 아, 잠시만!

그녀가 쿵쿵거리며 안방으로 들어간 듯했는데, 곧 내 곁으로 돌아왔다. 내 피부를 감싸고 드는 두려움의 기운이 나를 더욱 숨 막히게 했다.

"이거, 내가 오래전에 만났던 사람한테서 선물 받은 건데, 버리기는 아깝고, 목에 걸고 다니기는 좀 안 내켜서 계속 넣어뒀었거든? 근데 이게 오늘 제 역할을 하게 생겼네! 이게 내 보험이야. 너무 억울하게 생각하지 말라고. 나는 아직 16년을 더 살아야 하거든."

그녀의 손이 내 바지 주머니에 들어갔다 나왔다. 무엇인가, 나의 소유가 아닌 물건이 내 주머니 속에 남겨진 것 같았다. 도대체 나한테 왜 그러냐고 소리치고 싶었지만, 내 몸도 나의 소유가 아닌 것처럼 굴었다. 보고 싶은 것만 보고, 듣고 싶은 것만 듣고, 알고 싶은 것만 알고 싶다고. 나도.

"참, 근데 너는 왜 자꾸 내 집에서 점심을 해결하고 가는 거니? 쌀이 눈에 띄게 빨리 줄더라. 처음에야 혼자 밥 먹는 것보다는 덜 적적해서 좋다고 했지만, 그렇다고 매일 그래도 된다는 얘기는 아니잖아? 나는 누가 갖다주는 건 좋아도, 가져가는 건 진짜 싫거든. 게다가 너랑 계속 같이 먹다 보니 체중이 늘었잖아. 짜증 나게. 사람이 적당히 했어야지…….

나는 119구급대원들의 들것에 실려 나갔다.

52

부재중 고백

- 1 -

두 번 넘어지고 세 번 멈춰 섰다. 몸은 장례식장으로 향하고 있었지만, 영혼은 어디로 향하는지 알 수가 없었다. 택시에서 내려 장례식장에 놓인 수연의 사진과 마주하기까지 내 눈에 보인 어떤 것들도 제대로 지각되지 않았다. 떨리는 손으로 향을 집어 들었지만, 촛불에 맞춰 불을 붙이는데 번번이 실패하다 결국 향을 떨어뜨렸다. 갑자기 눈물이 후두둑 떨어졌다. 훔칠 새도 없이 홍수에 둑이 터지듯 그냥 쏟아졌다. 내 인생의 절반 이상을 함께한 친구가 떠났다.

- 2 -

수연의 엄마가 다가와 내 오른쪽 어깨에 손을 올리며 조용히 흐느끼셨다. 정신을 차리고 인사를 드리려는데, 눈물을 도무지 멈출 수가 없었다. 다만, 이런 상황에서도 단정한 차림을 유지하고 계신 수연 엄마의 모습에 존경심이 일었다. 큰 사업을 하는 사람은 확실히 남다른 정신력을 지녀야 하는 모양이다. 뭔가에 홀린 듯 상주 맞절을 마치고 나니, 수연의 엄마는 이렇게 찾아와줘서 고맙다는 인사와 함께 식사할 수 있는 자리로 직접 안내해 주셨다. 상차림을 도와주고 계신 이모님께 수연의 생전에 가장 친한 친구이니 특별히 잘 차려

주셔야 한다는 부탁까지 하시고, 귀밑머리를 귀에 꽂으며 자리를 옮기셨다. 4인 상에 혼자 앉아 있으려니, 온갖 생각들이 거침없이 나를 괴롭혔다. 그때, 이메일 수신을 알리는 휴대폰 알람이 울렸다.

제목: 부재중 고백

보낸 사람: 유수연

- 3 -

어금니

엄마는 무면허 치기공사의 정부였다. 꿈과 미래에 진지했던 고3 수험생을 앞에 앉혀두고, 그 둘은 자신들의 야심 찬 계획을 들뜬 목소리로 주입 시켰다. 내가 약학대학으로 진학해 약사 자격증만 따서 넘겨주면 그걸로 약국도 열고, 그 안에 밀실 하나를 만들어 소개로 찾아오는 사람들에게 조용히 금니도 해 넣어주며 선량하게 편히 살겠다고. 그러면 내게도 내 인생을 살 기회를 주겠다고. 자유를 주겠다고.

입을 열 때 조심스러웠다. 입 안의 결핍을 다른 이들에게 들키기 싫었으니까. 그래서 웃지 않았다. 무면허 치기공사에게 자신의 신뢰와 애정을 증명해야 했던 엄마는 충치로 치과 진료가 필요한 나를 그에게 맡겼다. 비밀스러운 기구들을 챙겨온 무면허 치기공사는 우리 집 안방에서 내 어금니를 갈아내고 본을 떴다. 출혈이 있었지만, 흔히 있는 일이라고 했다. 며칠 뒤 무면허 치기공사는 준비해 온 금니를 접착제로 내 어금니 그루터기에 고정했다. 나무젓가락을 힘껏 깨물어보라고 했다. 꽉 깨문 어금니 사이의 나무젓가락을 아래위로 움직이며 흡족해하는 무면허 치기공사에게 엄마는 뿌듯한 표정을 지어 주었다. 흘러나온 접착제 맛이 찌릿했다. 잇몸이 부었고 계속 아팠다.

엄마는 얼마 뒤 전문의가 있는 일반 치과에서 새 금니를 비밀스럽게 맞춰 넣었다. 다시 또 얼마 뒤, 부어오르는 잇몸 통증을 참을 수 없어 나도 치과를 찾았다. 결국 발치 외에는 방법이 없었다. 순백 가운의 치과 의사는 측은한 눈빛과 분노에 찬 목소리로 혼잣말을 했다.

"나쁜 사람들."

교복 치맛자락을 양손으로 꼭 쥐고 이미 두 눈이 붉게 물들어 있는 내게 순백 가운의 치과 의사는 아무것도 묻지 않았다. 나는 어금니 2개를 잃었지만, 엄마는 자신의 남동생에게 전해 줄 자금을 얻었고, 합법적 금니를 얻었다.

무면허 치기공사의 주머니에서 나와, 엄마를 거쳐 엄마의 동생에게 전해지는 자금 규모는 때론 작고 때론 컸다. 엄마의 동생은 무면허 치기공사를 때론 쓰레기 같은 놈으로 때론 자형으로 불렀다.

여덟 살 딸 아이를 등교시키고 치과에 갔다. 두어 달 전 치주에 심어 놓은 금속 뿌리에 어금니를 올렸다. 나는 30여 년 만에 다시 어금니 있는 사람이 되었지만, 결핍은 입 안에 있지 않았다. 그래서 웃지 않았다.

출생의 비밀

엄마는 웃으며 말했다.

"네 언니를 낳았더니, 아픈 데가 많은 애더라. 근데 나는 바쁜 사람이잖아. 내가 계속 같이 있을 수도 없고. 그래서 한 명을 더 낳아야 되겠더라고."

갑작스럽지만 익숙하게 언니의 입원 가방을 챙기는 나에게 엄마는 웃으며 말했다.

"그러니까 이게 다 네 운명이고, 전생에 지은 죗값이니 힘들다 여기지 마라."

단장을 마친 엄마는 전담 목욕관리사가 기다리는 목욕탕에 시간 맞춰 갔다. 신용을 지키는 건 중요하니까.

병문안

언니가 입원한 지 여러 날. 내가 보호자로 병원에서 생활한 지 여러 날. 하루만이라도 제대로 잠을 자고 싶었다. 외할머니 전화가 왔다.

"무슨 바람이 불었는지, 네 엄마가 오늘 너희들 있는

병원에서 자고 온단다. 참 별일도 다 있지. 그래도 오늘은 엄마도 있고 하니 잠이라도 푹 잘 수 있겠구나. 많이 피곤하겠지만 엄마 도착할 때까지 조금만 더 참고 있어 봐. 네 엄마도 이제 정신 차리려나 보다."

저녁 식판을 치우고, 거동이 힘든 언니를 젖은 수건으로 닦아줄 때까지 엄마는 나타나지 않았다. 엄마가 도착했는지 묻는 외할머니의 전화만 수차례 이어졌다. 저녁 약을 먹은 언니는 잠이 들었고, 나는 여느 때처럼 비상벨을 곁에 두고 보호자용 간이침대에 잠시 웅크려 몸을 뉘었다.

그때 누군가 병실 문을 요란하게 열어젖혔다. 술에 취해 비틀거리는 엄마가 들어왔다. 보호자용 간이침대에 있던 나를 거칠게 끌어 내리고 그 자리에 자기가 누웠다. 담요가 부족하다고, 목이 마르다고, 담요는 덮고 싶은데 덮고 있으니 덥다고, 에어컨 온도를 더 낮춰 달라고, 베개가 불편하다고, 왜 찬 바람이 부냐고, 왜 덥냐고, 침대가 왜 이리 불편하냐고, 왜 춥냐고, 너희는 왜 자기 인생을 망치냐고, 왜 덥냐고, 자기는 왜 술도 마음대로 못마시냐고, 스무 살에 부잣집 시집가서 집안 일으키는 딸자식도 있던데 자기는 왜 그런 복도 없냐고, 왜 춥냐고, 왜 덥냐고. 간호사가 언니의 아침 약을 들고 병실에 오기 전까지 나는 언니의 침대 발치에 겨우 걸터앉아 있었다. 병원 밥은 냄새조차 싫다며 정성 들여 화장을 마친 엄마는 서둘러 병원을 나섰다.

선물

무면허 치기공사는 갓 태어난 강아지 한 마리를 엄마에게 선물했다. 엄마는 목욕도 시키지 않아 악취가 제법 풍기는 그 강아지를 이름 없는 채로 언니가 입원해 있는 병실에 가져다 놓았다. 들키지 않도록 침대 밑에 숨겨두라고 했다. 감각이 예민한 언니는 강아지의 악취를 힘들어했다. 나는 은밀하게 강아지를 목욕시키고 드라이어로 말렸다. 그래도 냄새는 완전히 사라지지 않았다. 저녁이 되니, 강아지는 낑낑대며 울었다. 들키지 않으려고 품에 안았다.

잠시 언니의 병상에 기대 졸고 있던 사이, 강아지는 언니의 침상으로 올라갔고, 무엇인가를 찾으려는 듯 냄새를 이리저리 맡아대다가 침대 아래로 떨어졌다. 낙상주의 안내 스티커 아래에서 강아지는 순식간에 저세상으로 갔다. 아직 식지 않은 작은 배에 귀를 갖다 대었지만, 심장이 뛰는 소리가 들리지 않았다. 슬픔을 담아 부를 이름이 없었다. 눈물을 전해 줄 이름이 없었다. 병실에 더 둘 수 없어 엄마에게 전화를 걸었다. 엄마는 쥐새끼만 한 강아지 하나 지켜내지 못한 나에게 저주의 말을 쏟아부었다. 하지만 다행이라고 했다. 족보도 없는 개새끼를 어떻게 집에 들이나 걱정했는데, 알아서 일찍 떠난 강아지가 사람보다 훨씬 낫다며 진심을 담아 칭찬했다.

손님

일 년에 두어 번, 외할아버지 외할머니는 시제를 모시러 꽤 먼 길을 다녀오셨다. 새벽같이 출발하셔도 저녁 늦게나 되어서야 돌아오셨다. 그런 때면 어김없이 엄마는 손님을 모시고 왔다. 엄마는 무면허 치기공사를 마치 집안의 어른이라도 되는 듯 외할아버지의 자리에 앉혔다. 무면허 치기공사는 충무김밥 20인분을 사서 들고 왔다. 체중 조절에 늘 신경 쓰던 엄마는 1인분도 채 먹지 않았고, 무면허 치기공사도 1인분을 먹은 게 다였다. 언니와 동생과 나는 1인당 6인분을 먹어야 했다. 점심부터 저녁까지 그들은 우리가 꾸역꾸역 먹는 모습을 흐뭇하게 웃으면서 쳐다보았고, 조금이라도 먹기 싫은 기색을 보이면 엄마의 눈에서 살기가 일었다.

더는 먹을 수 없어 식은땀이 흐를 때쯤 터미널에 도착하신 외할아버지 외할머니가 집으로 전화를 하셨다. 무면허 치기공사는 갑자기 자리에서 일어났고, 엄마는 무면허 치기공사를 따라 현관을 나섰다. 무면허 치기공사 어깨의 먼지를 손으로 털며, 고개를 뒤로하고 그까짓 것도 다 못 먹냐며 나즈막히 속삭이는 엄마의 눈빛에 눈알을 베이는 듯했다. 외할아버지 외할머니께 손님이 왔다 간 건 절대 말하지 말라는 엄마의 목소리에 세포 안의 공포가 함께 떨었다.

보호자

엄마는 눈에 보이면 부담스럽다고 나에게 언니를 돌보고 있을 집을 따로 마련해 주었다. 안방은 엄마의 가구들로 채워졌다. 엄마가 일 년에 두어 번 사용하는 안방에는 등골이 스산한 냉기가 감돌았다. 나와 언니는 그 방에 들어가지 않았다. 일주일에 3번씩 언니는 혈액투석을 위해 병원에 가야 했다. 엄마는 병원에 발을 들여놓지 않았다. 혈액투석을 받는 사람들을 보면 비위가 상해 구역질이 난다고 했다. 언니가 다니는 모든 병원의 보호자는 나였다. 엄마는 나를 운전학원에 보냈고, 차를 맡겼다. 나는 학교에 다녔고, 언니를 병원에 데리고 다녔다. 언니는 아침잠이 없어 모든 환자들 중 가장 먼저 병원에 도착하길 고집했고, 나는 겨우 혼자 있을 수 있는 밤을 좋아했기에 이른 아침 기상이 적잖이 힘겨웠다.

남자친구

언니와 내가 지내고 있는 집에 엄마가 올 때는 그게 언제든 나는 운전기사 노릇을 했다. 다음 날 언니의 백내장 수술이 있는 날이었다. 엄마는 애들끼리 수술을 받게 할 수 없으니 동행하겠다며 자기를 태우러 오라고 했다. 엄마는 차에 오르자마자 집이 아닌 다른 행선지를 말했다. 엄마를 어느 호텔에 내려주고, 초저녁에 나는 혼자 집으로 돌아갔다.

밤늦도록 엄마는 오지 않았다. 새벽 3시쯤, 엄마가 데리러 오라고 전화를 했다. 다음 날 일찍 병원에 도착해야 하는데, 그런 일정 따위는 엄마의 관심 밖 일이었다. 차에 태운 엄마는 만취 상태였다. 집에 도착하자 엄마는 불안함에 떨다 겨우 잠든 언니를 깨워 내 옆에 앉히고는 언제나 그렇듯 악담 레퍼토리를 시작했다. 너희들이 전생에 지은 죄가 많아 힘든 팔자를 타고났는데 왜 자기까지 힘들게 살아야 하냐고. 자기는 왜 부모, 자식 무서워서 남자친구 하나 편히 사귈 수 없냐고. 네 년들은 자기한테 원수를 갚으러 온 근본이 나쁜 아이들이라고. 결국 언니가 울다 지쳐 숨쉬기조차 힘들어할 때 아무 일도 없었다는 듯 말을 멈춘 엄마는 속이 쓰리니 자기가 늘 마시는 생쌀을 갈아 만든 음료를 만들어오라고 했다. 우리는 결국 잠을 청하지도 못하고 병원으로 출발했다. 병원 갈 채비를 마쳤을 때쯤, 엄마는 어느새 잠들어 있었다.

병원에 도착해 접수를 마치고 수술 동의서에 서명을 했다. 수술실로 들어간 언니를 기다렸다. 시간이 꽤 흘렀다. 말끔하게 차려입은 엄마가 나타났다. 그리고 마치 아침 일찍부터 그 자리에 앉아 있었던 것처럼 내 옆자리에 앉아 숨을 골랐다. 몇 분이나 지났을까. 엄마가 전날부터 사귀기 시작한 새로운 남자친구가 주변을 두리번거리며 나타났다. 엄마는 몸으로 나를 밀고 내가 앉아 있던 자리를 비워 엄마의 새로운 남자친구에게 내어주었다. 엄마는 수심이 가득한 표정으로 아이 걱정에 밤새 한숨도 잘 수 없었다고 말했다. 엄마의 새로운 남자친구는 아침도 먹지 못했을 엄마를 걱정하는 기색이었다. 자애로운 엄마 모습에 감동한 듯한 엄마의 새로운 남자친구 눈빛에는 꾸밈이 없었다. 나는 그들에게 아직 시간이 남았으니 잠시 식사라도 하고 오라시고 권했다. 엄마는 화색을 띠었고, 엄마의 새로운 남자친구는 자식 걱정도 좋지만 이러다가 쓰러지겠다며, 얼른 한술 뜨고 오면 되지 않겠냐며, 엄마를 일으켜 세웠다. 엄마가 잠시 비틀거린 건 숙취 때문이었을 거라 믿고 싶었다. 그들은 식당가로 향했다. 생각보다 엄마는 일찍 돌아왔다. 수술실에 딸을 들여보내 놓은 어미의 애잔한 마음을 짐작한 엄마의 새로운 남자친구의 배려 때문이었다. 새로운 남자친구와 이미 인사를 나누고 혼자 돌아온 엄마는 덕분에 짜증이 나 있었다. 할 일도 없는데 지루하게 수술실 밖에 우두커니 앉아 어떻게 기다리냐며 연신 투덜거렸다. 혈액투석 환자의 백내장 수술은 시간이 조금 더 걸리는 모양이었다.

전광판에 올라 있는 언니 이름 옆 상태가 수술중에서 수술완료, 회복중으로 바뀌었고, 제법 시간이 흐른 뒤 회복실에 있는 언니를 만날 수 있었다. 지루해 마지않던 엄마는 회복실에 들어가 언니를 찾았다. 빠른 발로 다가가 참았던 말들을 쏟아냈다. 너 하나 때문에 대체 몇 명이 고생을 해야 하는 거냐고, 왜 하필 자기 자식으로 와서 괴롭히냐고, 자기는 체면 차리느라 남자도 편히 못 만나는데, 너는 어찌 그리 편하게 침상에 누워있냐고, 자기가 죽는 날 너는 따라 죽어야 한다고. 방금 눈 수술을 마친 언니의 눈에서 눈물이 끊임없이 흘렀다. 엄마는 주위를 살피며 분위기를 살피기 시작했다.

가방에서 꺼낸 화장 보정용 손수건으로 언니 눈가를 훔치며 울면 안된다고 다그쳤다. 색조 화장품이 여기저기 묻어 더러워진 손수건에서 역한 향수 냄새가 올라왔다. 언니는 울었다. 엄마는 말을 멈추지 않았다. 나는 정산을 위해 원무과에 갔다. 언니는 울었다. 엄마는 다른 사람들 있는 곳에서 자기를 난처하게 만들려고 일부러 우는 아주 못된 년이라며 언니를 나무랐다. 언니는 울었다. 방금 수술한 두 눈이 붉게 부어올랐지만, 붕대가 가려주었다.

퇴원한 언니를 차에 태웠다. 엄마는 이미 차에 타고 있었다. 회복을 위해 언니는 가능한 빨리 집으로 가 쉬어야 했다. 하지만 엄마는 자기 일이 더 바빴다. 나는 언니를 태우고, 엄마가 말하는 곳을 몇 군데 둘러 목적지까지 운전을 했다. 차에서 내리면서 엄마는 내게 말했다.

"그러니까 이게 다 너희들 운명이고, 전생에 지은 죗값이니 힘들게 여길 것 없다."

성형외과

언니가 혈액투석을 위해 다니는 인공신장실 의사는 우리 엄마가 실제로 있는지 궁금해했다. 성인이라지만 아직 학생 신분인 내가 언니의 건강 상태와 관련한 모든 것을 책임지고 있다는 사실을 도무지 납득하기 어렵다고 했다. 그러던 어느 날, 의사는 우리의 엄마가 실존하는 인물임을 확인하게 되었다. 엄마가 언니에게 요청한 그것 때문이었다. 눈 밑 눈물주머니 제거 수술을 계획하고 있던 엄마는 아무 성형외과나 길 수 없다며 언니 더러 담당 의사에게 성형외과 의사를 소개받아 오라고 했다. 소개를 받아 찾아간 성형외과에서 엄마는 눈물주머니 제거 수술을 했고, 적어도 일주일 정도는 외출을 자제해야 한다는 권고에 따라 언니와 내가 있는 집에 머물기로 했다. 외할아버지 외할머니껜 언니의 건강상 문제로 수술이 필요해 보호자인 엄마가 곁에 머물러야 한다고 둘러댄 모양이었다.

아침마다 언니 걱정에 수심 가득한 외할아버지 외할머니의 전화를 받을 때마다, 그냥 괜찮다는 말밖에 할 수 없는 내 마음은 부끄럽고 떳떳하지 못해 쓰라렸다. 엄마는 한 시간에 한 번씩 수술이 잘못된 것 같다며 이상한 의사를 소개받아 온 언니를 나무랐다. 평생 아픈 곳이라곤 없어 신체적 고통에 대한 참을성을 전혀 지니고 있지 않은 엄마는 진통제가 잘 듣지 않는다며 악을 써댔다. 엄마가 컴퓨터 앞에 앉아 온라인 고스톱 게임을 하는 동안 우리는 옆에서 시중을 들고, 맞장구를 쳐야 했다. 피로가 몰려온 이른 저녁, 잠시 눈을 붙이러 방에 들어갔다가 큰 소동이 벌어졌다. 엄마가 사회생활을 좀 더 효과적으로 해보려고 너희들 때문에 원치도 않는 성형수술까지 했는데, 곁에서 보살펴 주지는 못할망정 어떻게 자기 몸 피곤하다고 들어가서 잠잘 생각을 하냐며 비난하기 시작했다.

눈에 독기가 가득한 표정으로 분노에 못 이겨 성큼성큼 내게 다가온 엄마는 매서운 손으로 내 어깨를 꼬집었다. 혼자 잘난 척하는 배은망덕한 내가 집안의 원흉이라고 했다. 외할아버지 외할머니가 우리를 잘못 키워 그렇다고 했다. 어깨에 피멍이 올라왔다. 엄마가 다시 온라인 고스톱 게임을 시작했을 때, 언니와 나는 엄마가 패를 던져 점수를 얻을 때마다 박수를 치며 축하했고, 점수를 잃을 때마다 누군지 모르는 상대 선수를 같이 욕했다. 어깨에 피멍 꽃이 만개했다. 명치 끝에도 피멍이 맺힌 듯했다.

거리

"나쁜 년. 네가 지금, 내가 늙고 힘없다고 거리를 두려고 하는 거 모를 줄 알고! 천하에 빌어먹을 년. 내가 밤새 죽었는지 안 죽었는지 궁금하지도 않아? 외할아버지 외할머니 생전에는 착한 척이란 착한 척은 다 하더니만, 이제 내가 우습게 보여? 너는 원래 나쁜 년이었어. 내가 그걸 모를 줄 알고!"

전화를 받으면 기분이 나빠진다. 전화를 안 받으면 주변의 다른 사람들을 더 가멸차게 괴롭히니 기분이 더 나빠진다. 전화를 받으면 내가 전화를 왜 받아줘야 하는지 알 수가 없다. 전화를 안 받으면 남편은 그 정도는 받아주는 게 자식된 도리라고 나무란다. 전화를 받으면 내가 왜 살고 있는지 의문이 든다. 전화를 안 받으면 다음엔 또 어떤 괴롭힘을 당할지 두려움이 쫓아온다. 전화를 받으면 한결같은 그 목소리에 치를 떨어야 한다.

전화를 안 받으면 평소보다 더 소름 끼치는 그 목소리에 탈진한 언니의 하소연을 들어야 한다. 전화를 받으면 전화가 울리지 않는 곳으로 도망치고 싶어진다. 전화를 안 받으면 어느 곳으로도 나 혼자서는 도망칠 수 없다는 현실에 절망한다. 남은 이들이 더욱 괴로워질 것이라는 걸 안다. 나는 대체 전생에 무슨 죄를 지었던 걸까.

이별

내가 어디에 있든, 외할아버지는 서두르지 말라고 하셨다. 누군가, 해를 거듭할수록 기력이 약해지는 외할아버지를 꺼져가는 모닥불 같다고 말했다. 그래도 집에 몸져누워 계시든, 병원에 입원해 계시든, 외할아버지는 괜찮으니 볼

일 다 보고 오라고 하셨다. 하지만 그땐 달랐다. 외할아버지의 입원 소식에 놀라 전화를 드려 당장 가겠다고 말씀드렸더니, 망설임 없이 그럼 조심해서 오라고 하셨다. 직감은 무서울 때가 많다. 나는 이미 내 몸의 수분들을 죄다 눈물로 쏟은 뒤 병원에 도착했다. 외할아버지는 나에게 열흘의 시간을 주셨다. 나는 외할아버지를 휠체어에 태우고 산책도 하고, 늦은 밤 가요무대도 같이 보고, 손톱도 깎아드리고, 세수도 시켜드리고, 화장실 뒤처리도 도와드렸다. 많은 시간을 주무셨지만, 곁에 있을 수 있다는 것에 오직 감사했다.

외할머니가 병원에 들르러 오시면, 외할머니는 외할아버지 침상에 걸터앉아 다리를 까딱까딱 흔드시며 병원 밥 한 공기를 나눠 드셨다. 두 분은 그렇게 오늘이 어제처럼, 내일이 오늘처럼 이별하셨다. 외할아버지는 내가 곁에 있는 동안 떠나시면 그 후에 내가 감당해야 할 비난이 얼마나 클지 짐작이라도 하신 듯, 마지막 날엔 잠시 집에 가서 쉴 만큼 쉬고 오라고 하셨다. 내가 병원을 나선 지 몇 시간 뒤, 엄마의 남동생이 나를 대신해 곁을 지키고 있을 때, 외할아버지는 홀연히 떠나셨다. 전날 저녁, 드시고 싶다던 짜장면 대신 짜장 소스를 얹은 즉석밥을 준비해 드렸던 내가 한심스러워 견딜 수 없었다. 얼마 뒤 외할아버지께서 시신 기증 서약서를 제출해 놓은 어느 의과대학 병원에서 운구를 모시러 왔다.

내 자리

금빛 수의로 곱게 싸인 외할아버지의 가슴이, 손이, 발이 여전히 따뜻했다. 나는 외할아버지의 가슴에 손을 얹고 마지막으로 얼굴을 묻었다. 단 한 번이라도, 생물학적인 계보를 떠나, 아버지라고 불러보고 싶었다. 그때, 누군가 갑자기 내 손을 낚아채 내동댕이쳤다. 엄마가 나를 노려보고 있었다. 엄마는 내가 손을 얹고 있었던 바로 그곳에 자기의 손을 얹고, 내가 했던 행동이 마치 원래 자기 것이었다는 양 똑같이 되풀이 했다. 가족들에게 주어진 시간이 끝나 영안실에서 아쉬운 발걸음을 돌릴 때도, 엄마는 분노에 찬 눈으로 나를 짓이기라도 할 듯 쳐다보고 있었다.

보약

열흘이 넘는 간병에 나는 지쳐있었다. 상태가 조금 나아진 언니가 하룻밤 정도는 혼자 잘 수 있으니 집에 가서 편히 씻고 잠도 좀 자고 오라고 했다. 외할아버지 외할머니는 따뜻한 방에 나를 위한 잠자리를 준비해 두고 기다리고 계셨다. 외할아버지 외할머니께서 지켜보고 계신 그 이부자리에 내가 누울 수 있다는 것만으로도 병원에서 짊어지고 있던 무거운 긴장감이 어깨에서 스스르 녹아내리는 듯했다. 이불 속은 따뜻했고, 천천히 눈썹을 쓸어주시는 외할머니의 손길은 포근했다. 30여 분이 지났을 무렵 퇴근한 엄마가 들어왔다.

나는 잠시 잠에서 깼지만, 그냥 잠든 척했다. 외할아버지 외할머니를 찾는 엄마의 소리에 외할머니는 대답 대신 손가락을 입술에 갖다 대시며 조용히 하라는 신호를 보내셨다. 엄마는

"왜요? 뭔데요?"

하더니, 누워있는 나를 발견하고는 화가 치밀었는지, 갑자기 쿵쿵거리며 내게 다가왔다. 무서웠다. 엄마는 내가 덮고 있던 이불을 휙 열어젖혀 저 멀리 집어 던졌다. "네가 뭔데 여기 떡 하니 누워있는데? 어른이 퇴근해서 돌아왔는데 인사도 안 하고 잠을 자고 있어? 네가 뭐 그리 피곤할 게 있다고! 나도 아픈 곳 한 번 얘기해 볼까? 너보다 백배 천배 피곤하다고! 그런데 네가 지금 내 눈앞에 누워있어? 당장 일어나! 이년 하는 짓 꼴 보기 싫어서 원." 공포와 설움에 일어나 앉았지만, 눈물이 계속 흘렀다. 엄마는 더 화를 냈다.

"저년 또 자기가 잘했다고 운다! 성질 고약한 년."

나는 대체 무엇을 잘못했던 것일까.

눈을 떠보니 제법 늦은 아침이었다. 엄마는 이미 나가고 없었고, 외할머니는 내 곁에 앉아 머리를 쓰다듬어 주고 계셨다. 눈이 부어 따가웠다. 외할머니가 아침밥을 챙겨주시며 말씀하셨다.

"내가 분명히 네 엄마가 너를 낳는 걸 봤는데, 어찌 제

자식한테 이러는지 모르겠다."

　　그때, 전화가 울렸다. 전화 통화를 마치신 외할머니 얼굴에 들뜬 미소가 번지고 있었다.

　　"네 엄마가 그래도 네 걱정을 많이 하나 보다. 언니 있는 병원으로 가기 전에 OO한의원에 들러서 약부터 찾아라. 네 엄마가 약을 부탁해 놓은 모양이다. 너 먹이려고 보약 지어 둔 거 같으니, 얼른 밥 먹고 한의원에 가봐!"

　　엄마가 어제 속상한 일이 있어 화풀이 대상이 필요했던 걸까? 나는 지난밤의 엄미를 이해하려 노력하며 한의원에 도착했다. 그러나 부질없는 시도였다. 한의원에서 내가 전해 받은 건 내 보약이 아니라 엄마의 체중 감량 약이었다. 한의원에서는 복용법을 상세히 설명해주며 엄마에게 잘 전달하기를 부탁했다. 나는 한약을 병원으로 들고 가 시원한 곳에 두었다. 늦은 저녁, 엄마가 약을 찾으러 병원에 왔다. 그 무거운 걸 집에 가져다 놓지 않고 병원에 들어다 놓았다며, 자기밖에 모르는 모자란 아이라는 꾸지람을 들었다. 조금 뒤 엄마의 운전기사가 노크를 하고 들어와 한약을 들고 나갔다.

　　"장 기사, 무거우니까 어깨 조심해."

　　엄마는 운전기사에게 따뜻한 미소를 보내며 더없이 상냥하게 말했다. 그리고 운전기사의 눈길이 머물러 있는 동안 언니와 나에게도 인자한 목소리로 말했다.

"불편한 거 있으면 간호사실에 바로 얘기하고, 둘 다 잘 쉬고 있어. 내일 또 올게!"

저주

무면허 치기공사와 엄마는 크게 다투고, 싸움 장소를 우리 집으로 옮겨왔다. 외할아버지 외할머니는 잠시 외출 중이라 집에 계시지 않았다. 등굣길에 다른 반 학생들과 종종 마주치는 골목 어귀에서 둘은 서로 엉겨 붙어 싸우고 있었다. 엄마 머리는 산발이었고, 무면허 치기공사의 셔츠 단추도 뜯겨 있었다. 무면허 치기공사는 2층인 우리 집까지 한달음에 올라와 현관문을 발로 차기 시작했다. 그러자 뒤따라온 엄마가 목덜미를 잡아 내동댕이쳤다. 난투극이었다. 갑자기 엄마가 차분한 목소리로 괜찮으니 현관문을 열라고 했다. 그나마 겁에 덜 질린 내가 문을 열자 혈전을 벌이던 두 명이 쏟아져 들어왔다. 무면허 치기공사는 저주의 말을 퍼부었다. 이 집 큰딸은 앞으로 5년 안에 죽을 거고, 이 집 막내아들은 스무 살이 되면 바보가 될 거고, 이 집 둘째는 커서 더러운 잡년이 될 거라고. 저주의 말들이 내 뼛속으로 날아와 박혔다. 꽤 오랫동안 그 저주의 말은 뼛속에서 꿈틀거리며 살아 있음을 알려왔다.

다음 날 다시 사이가 좋아진 엄마와 무면허 치기공사가 나타났다. 오해가 있었다고 했다. 무슨 맥락에서인지 엄마가 한마디 보탰다.

"네가 뭔가 될 거라고 기대하지 마. 너보다 훨씬 잘난 나도 이렇게 산다. 너는 그저 언니만 잘 보살피면 돼. 인생 별거 없다."

무면허 치기공사의 저주보다 더 가혹한 말이 뼛속에 박혀있는 저주의 씨앗에 생명수가 되어 내렸다. 저주의 씨앗은 싹이 트고 무성해져 나를 흔들어댔다. 열매가 맺어 내 몸 곳곳에 씨앗을 남겼다. 엄마의 목소리는 씨앗들을 건드린다. 죽었는지, 살았는지.

독백

이모는 교외의 전원주택에 살고 있었다. 외할아버지가 떠나신 후 외할머니는 당분간 이모 곁에서 지내시기로 했다. 마당에서 현관까지 일곱 계단. 홈드레스를 길게 떨쳐입은 엄마가 그 계단 끝에서 팔짱을 낀 채 바람을 맞고 있었다. 내가 근처로 다가왔다는 걸 알아차린 엄마가 저 멀리 산자락을 바라보며 연기를 하듯 독백을 던졌다.

"나는 이렇게 살수 밖에 없었다."

엄마의 진심 어리게 뿌듯해하는 미소는 어딘지 모르게 비현실적이었다. 엄마의 자기애와 자기합리화는 이 세상에서 지켜보기 힘들 정도로 견고했다. 그래서 소름 끼쳤다.

목도리

엄마가 돌아오는 날이었다. 몇 년의 공백에 외할아버지 외할머니는 아직 어린 언니, 남동생, 나를 데리고 생활하시느라 고단한 시간을 보내셨다. 하지만 우린 왠지 행복했다. 엄마와 제대로 살아본 적 없기에 엄마라는 존재는 내겐 늘 환상과 함께 했다. 엄마의 부재에 당연히 느껴야 할 그리움의 감정이 사실 무엇인지 몰랐지만, 그리워해야 했기에 그저 그리워했다. 엄마가 다시 돌아온다는 사실에 가슴이 두근거렸다. 키가 많이 자란 우리 셋을 보면 크게 기뻐하며 안아주지 않을까. 다시는 우리 곁을 떠나지 않겠다고 약속하지 않을까. 나는 뜨개질로 뭐든 만드시는 이웃집 할머니께 목도리 뜨는 데 필요한 몇 가지 방법을 배워 밤낮없이 열심히 목도리를 짰다. 나는 다시 돌아오는 엄마에게 직접 만든 목도리를 선물하고 싶었다. 방법을 잘못 선택한 탓인지, 목도리는 평평하지 않고 오징어처럼 말려 가운데가 비어 있는 원통형이 되었다.

하지만 엄마의 선물을 손수 완성했다는 것에 스스로 대견함을 느꼈다. 엄마와의 재회는 상상했던 것만큼 아름답지 않았다. 엄마는 엄마를 부르며 달려가 어색하게 안긴 세 명의 아이들을

"응 응, 그래그래."

하고는 멀찌감치 떼 놓았다. 그러고는 계속 외할아버

지 외할머니와 심각한 이야기를 소리 낮춰 나누었다. 나는 조심스럽게 엄마한테 다가가 정성 들여 포장한 선물을 내밀었다. 엄마는 나중에 보겠다며 거기 두라고 했다. 다음날 눈을 떴을 때, 엄마는 이미 가고 없었다. 목도리도 그대로 있었다.

"이건 꼭 챙겨가라."

"이런 걸 제가 어떻게 해요?"

하던 외할머니와 엄마의 목소리를 꿈속에서 들었다 생각했지만, 꿈이 아니었다.

좋은 소식

외할아버지 외할머니께 꼭 소식을 전해드리고 싶었다. 꽤 오랜 시간 준비하던 만만찮은 시험에 제법 좋은 점수로 합격을 했다. 언니의 삶을 책임져야 하는 나였지만, 어차피 살아야 하는 거라면, 내 인생도 포기할 수는 없었기에, 일분일초를 허투루 쓰지 않았다. 그런데, 내가 들뜬 마음으로 건 전화를 받은 건 엄마였다. 순간, 엄마에게도 인정받을 수 있는 기회라는 어리석은 기대가 솟아났다. 나는 엄마에게 시험에 좋은 성적으로 합격했다는 사실을 쑥스럽게 전했다. 잠시 침묵이 흘렀다. '엄마?'하고 내가 다시 불렀을 때, 엄마는 격한 분노를 억누르는 듯 내게 말했다.

"어쩐지, 언니의 상태가 호전되지 않는다 했더니, 네

가 돌보라는 언니는 안 돌보고 혼자 살겠다고 공부를 한 모양이네? 이기적이고 나쁜 년."

화가 났다. 진정으로 화가 났다. 내가 왜 그런 소리를 들어야 하는지 이해할 수가 없었다. 단 한 번도 엄마에게 거스르는 말을 해본 적 없는, 간이 콩알만 한 나였지만, 화가 치밀었다. 그래서 나도 모르게 전화를 끊어버렸다. 잠시 후, 전화벨이 울렸다. 엄마의 전화라는 걸 알고 있었지만, 받고 싶지 않았다. 전화벨은 그칠 줄 모르고 계속 울렸다. 나는 심호흡을 길게 하고, 비장한 마음으로 전화를 받았다. 엄마는 통화가 시작되자마자 엄청난 욕설들을 던져댔다. 그게 용기인지 저항인지 무엇인지 모르겠지만, 나는 태어나 처음으로 엄마에게 말대꾸를 했다.

"지금 그런 말씀 하시려고 전화하신 거예요? 그런 것 말고는 저한테 하실 말씀이 없어요? 제가 대체 뭘 잘못했는데요!"

나는 전화를 다시 끊었다. 전화벨이 울렸다. 심장이 무섭도록 뛰었다. 전화벨이 울렸다. 머릿속이 섬광에 정면 노출된 듯 새하얗게 시렸다. 전화벨이 울렸다. 손발이 저릿했다. 전화벨이 울렸다. 죽을 각오로 전화를 받지 않았다. 전화벨이 울렸다. 갑자기 후한이 섬뜩하게 느껴져 몸이 떨리기 시작할 무렵, 전화벨이 멈추었다.

결혼

걱정이 없지 않았다. 혹시라도 문제가 생기면, 그땐 오히려 떠날 구실이 생겼다 여기고 부모 자식 간 인연 관계를 정리해볼 생각이었다. 나는 꽤 오랜만에 언니와 나의 거처에 들른 엄마에게 결혼할 사람이 있다고 말했다. 엄마의 거친 반응은 이미 짐작한 바였지만, 언제나 그렇듯 아무렇지도 않은 건 아니었다.

"이 년이 남자가 없으면 밤에 잠을 못 자나? 그런 거였으면 진직 말을 하지! 적당히 집안에 도움도 되고 언니까지 같이 보낼 만한 곳을 내가 얼마든지 알아볼 수 있었을 텐데, 안 그래? 오다가다 네가 어떤 놈을 만나서 이러는지 모르겠지만, 결혼은 안 한다고 혼자 고상한 척은 다 하더니, 이게 지금 할 소리야? 내가 말했잖아. 결혼은 인생의 무덤이라고! 그럼, 네 언니는 어쩔 건데? 넌 어쩜 그렇게 자기밖에 모르니. 네가 그렇게 죽고 못 사는 외할아버지 외할머니도 결국 너를 이렇게밖에 못 키워 놨네. 식모를 썼어도 이거보단 나았을 거야! 자식이 있어도 나는 부끄러워서 어디 가서 자식 있다는 말도 떳떳하게 못 하는데. 암튼 너희가 못나긴 했어도 우애는 있는 줄 알았더니, 그것도 아니라니 실망스럽기 짝이 없네, 나 참. 그나저나 내가 결혼하지 말란다고 네가 말이나 들을 사람이야? 과년한 년 결혼한다는데 허락 안 해주면 나만 나쁜 사람 되겠네. 교활한 년."

엄마는 언니에게 인정머리라곤 없는 동생이 너를 짐 짝처럼 버릴 생각으로 벌인 일이라고 분노했고, 언니는 엄마에게 언제까지나 동생 발목을 붙잡고 있을 수는 없으니 이제 혼자 살아보겠다고 눈물로 같은 말을 하고 또 했다. 엄마는 나에게 언니가 내 결혼 계획에 배신감을 크게 느껴 컨디션이 급격히 나빠졌다며 무슨 짓을 저지르고 있는 건지 정신 똑바로 차리고 보라 말했고, 언니는 나에게 이제 모든 속박에서 벗어나 자유롭게 살아보라고 말했다.

며칠 뒤, 엄마는 큰 결심을 한 듯 내게 전화를 걸어 말했다.

"내가 너 보내주기로 했다. 그런데 축하까지는 못 한다. 그러니 나한테 아무것도 기대하지 마라."

결혼식에 참석한 엄마는 내게 상의도 없이 엄마의 남동생을 신부 측 아버지 자리에 앉혔다. 피로연이 끝나고 예식장에 정산도 하기 전에, 엄마는 일찌감치 지인들에게 직접 받은 축의금을 챙겨 하객들과 함께 돌아가고 없었다.

수술 대기실에서

신장 기증자를 기다리는 일은 반복되는 기대와 실망의 순간에 익숙해지는 일이다. 언니와 나는 언제든 병원에서 부르면 바로 달려갈 수 있도록 세탁한 외출복 차림을 하고 입원 가방을 꾸려 머리맡에 둔 채 잠자리에 들었고, 가능한 병원까지 차로 1시간 이내의 장소에서만 생활했다. 새벽에라도 병원 전화를 받으면 바로 뛰어나가야 했다. 병원은 갑작스럽게 죽음을 맞이 한 장기 기증가 있을 경우, 이식 희망자의 대기 순서, 혈액형, 환자의 건강 상태 등에 따라 1순위와 2순위, 혹은 3순위까지 연락을 취했다. 1순위가 무사히 수술을 받게 되면, 2순위, 3순위는 허탈하게 집으로 돌아가야 했지만, 혹시나 하는 마음에 병원에선 항상 극적인 기대를 하게 되었다. 그 극적인 상황이라는 것이, 실은 언니보다 앞 순위의 환자가 부득이한 사유로 신장 이식 수술을 받을 수 없게 되는 것이기에, 마음속엔 부끄러운 죄책감도 일었지만, 언니와 나는 그 기회가 우리에게 오길 진심으로 간절히 바랬다. 기대와 초조함에 마음이 흔들린 언니는 집에 돌아가서도 한동안 힘들어했다. 정말 기회가 오기는 하는 건지, 혹여 그런 기회가 온다고 해도, 그때까지 생이 지속될 수는 있을지, 그런 행운이라는 것이 언니에게도 허락될 수 있는 것인지 끝없이 생각했다.

언니가 1순위로 병원 전화를 받은 것은 신장 이식 대기자로 등록한 지 7년 정도의 시간이 흐른 뒤였다. 나는 병원으로 이동하는 동안에도, 쉼없이 언니에게, 혹시 안되더라도 다음 기회가 반드시 올 테니 실망하지 말라고, 실망할 필요 없다고 말했다. 침상에 누워 수술실로 들어가는 언니에게도 같은 말을 반복했다.

"실망하지마. 실망할 필요 없어."

언니가 수술실로 들어가 한참이 지난 후에도 나는 혹시나 언니 건강 상태가 문제가 되어 수술을 못 받게 될까 봐 미치도록 걱정이 되었다. 어느새 대기실에 도착한 엄마는 주변을 한 번 돌아보지도 않고 여러 곳에 전화를 돌렸다. 세상에 진심으로 정성을 쏟으면 안 되는 일이 없는 것 같다고 말하는 엄마에게 수화기 건너편 사람들은 약속이나 한 듯, 엄마가 착하게 살았으니 복을 받는 거라고 말했다. 무거운 마음으로 누군가의 수술이 끝나기를 기다리며 불안에 떨고 있는 사람들이 가득한 대기실에, 엄마와 엄마 지인들의 목소리가 전화기를 사이에 두고 크고 작게 울려 퍼졌다.

수술이 끝나고 언니는 중환자실로 옮겨졌다. 마취에서 깨어난 언니와 잠깐의 가족 면회가 허용되었다. 아직 꿈인지 생시인지 모르겠다는 언니의 표정은 더없이 해맑고 편안해 보였다. 중환자실을 나서면서 엄마가 내게 말했다.

"네가 살려 놨으니, 네가 책임져."

외할머니

임신 7개월 차에 접어들자 입덧이 좀 가셨다. 언제 어디에 도착할지도 모르는 망망대해의 배 위에서 끝없는 멀미에 시달리는 것 같았는데, 드디어 육지에 발을 디딘 기분이었다. 하지만 몸을 움직이는 것은 점점 더 힘들어졌다. 전화벨이 울렸다. 엄마였다. 여러 번 벨이 울리는 동안 망설이다 결국 전화를 받았다.

"네 외할머니가 좀 이상하다? 치매기가 있는지 점심 먹어놓고 안 먹었다네. 지난번에 작은 삼촌네 다녀갔을 때도, 용돈 받은 거 뻔히 아는데 모르겠다고 해서 내가 찾아냈다. 어디 가지도 못하면서 어디다 쓰려고 그렇게 돈을 숨기는지 원. 노망이 들었다니까."

엄마는 자신의 엄마를 '네 외할머니' 혹은 '너희들 외할머니'라고 불렀다. 내가 들르러 갈 때마다, 외할머니는 책장 사이사이에 모아 두셨던 지폐들을 용돈 하라며 조용히 챙겨 주곤 하셨다. 하지만 엄마는 외할머니와 나 사이의 애틋함을 못 견뎌 했다. 그래서 외할머니와 나는 서로가 눈앞에 있을 때에도 숨은 눈빛으로 안부를 물었고, 몰래 손과 얼굴을 어루만졌고, 엄마가 집에 없을 때만 편히 통화할 수 있었다. 혹시라도 눈에 거슬리기라도 하는 날에는, 내가 떠나고 난 뒤 혼자 남은 외할머니를 차마 듣기 힘든 말들로 괴롭혔다.

그러면 외할머니는 며칠 동안 앓아누우셨다. 외할머니는 괜찮으니 걱정 말라 하셨지만, 전화기 저편에서 흐르는 외할머니의 눈물이 내 마음을 미어지게 했다. 용돈은 당연히 엄마를 통해서 드려야 했고, 엄마 용돈보다 많아서도, 지폐가 더 깨끗해서도, 봉투가 더 예뻐서도 안 되었다. 내 외할머니! 엄마의 엄마, 엄마 남동생의 엄마. 외할머니보다 먼저 떠나신 외할아버지 안주머니에는 항상 현금 10만 원이 들어있었다. 아무리 급한 일이 있어도 그 돈엔 손을 대지 않으셨다. 외할아버지, 외할머니, 우리 모두가 엄마의 분풀이로 힘들어지친 어느 날, 외할아버지께서 말씀해 주셨다.

"너무 힘이 들어 더이상 못견디겠다 싶으면, 언제든 너희한테 갈 수 있게 차비를 품고 다니니, 우리 걱정 하지 말거라."

내게 큰 위안을 주었던, 반 접힌 빛바랜 비상금 봉투는, 하지만 끝까지 열린 적이 없었다.

"근데, 너 이번엔 딸을 낳더라도, 어쨌든 다음엔 아들 낳아야지. 그래야 내가 남 부끄럽지 않게 외손자 외손녀 다 있다고 사람들한테 말을 하지! 그나저나 인물이 떨어지면 어디다 내놓지도 못할 테니, 그땐 나한테 외할머니라고 못 부르게 할 줄 알아!."

순간 참을 수 없는 분노가 치밀었다. 내 뱃속에 심장이 하나 더 뛰고 있어서인지, 나는 겁 없이 말을 받아쳐 버렸다.

"엊그제 조기 진통으로 입원까지 했었는데, 괜찮냐고 물어보는게 먼저 아녜요? 도대체 지금 그게 무슨 말이냐구요? 그렇잖아도 노산에 초산이라 출산 자체가 위험할 수도 있는데, 저한테 어떻게 그런 말을 할 수 있어요?"

"이 년이 지금 어디다 대고 지랄이야? 네가 호박을 낳든 메주를 낳든 내가 무슨 상관이야!"

"아니, 어떻게......"

제 할 말이 끝나면 전화를 끊는 엄마였다.

D 비스킷

고속버스 휴게소에서 허락된 시간은 10분이었다. 얼른 화장실에 들렀다가 음료라도 살까 해서 편의점에 들렀다. 그런데 음료를 고르기도 전에 진열대에 놓여있는 D 비스킷을 발견했다. 외할아버지가 좋아하시는 과자라 한눈에 들어왔다. 시골에서 딸을 고등학교로 진학시키겠다며 하루아침에 담배를 끊으신 뒤로 평생 술·담배를 멀리하셨던 외할아버지는 가끔 간식거리를 찾곤 하셨는데, 특히 이 비스킷을 드실 때면 행복한 향수에 젖는 듯한 표정을 지으셨다. 주머니에 얼마 들어있지 않아 음료를 포기해야 했지만, 외할아버지의 따뜻한 미소를 볼 수만 있다면, 갈증 따위는 문제가 되지 않았다.

터미널에 도착한 나는 비스킷이 부서지기라도 할세라 유리 세공품을 품은 공예가 마냥 조심스럽게 가방을 들고 집으로 향했다. 걸음걸음 외할아버지의 즐거운 표정을 떠올리며 설렌 마음으로 집에 도착했다. 나는 집에 도착하자마자 짧은 인사를 마치기도 전에 가방 속에 고이 넣어 온 비스킷을 꺼내어 외할아버지께 내밀었다. 외할아버지는 내가 상상했던 것보다 더 근사한 웃음을 보여주셨다. 비스킷 포장지를 정성스럽게 뜯어, 외할아버지와 나는 포근한 행복을 나눠 먹었다. 외할머니도 즐거운 얼굴로 한 입 베어 무셨다. 그때, 퇴근한 엄마가 집으로 들어왔다. 외할아버지는 해맑은 미소로 엄마에게 딸이 사 온 비스킷 하나 먹어보라고 말씀하셨다. 갑작스럽게 공포스러운 분위기가 엄습해왔다. 엄마는 저런 가치도 없는 것을 선물이라고 사 온 거냐며 나를 노려보며 쏘아붙였다. 엄마는 자기가 번 돈으로 생색은 다른 것들이 낸다며 역정을 냈다. 외할아버지 외할머니께, 엄마는 아이를 왜 이런 식으로 잘못 키워 버려놓았냐며 성화를 냈다. 내 작은 행복은 2시간의 공포스러운 언어폭력을 선사했다. 내가 샀던 마지막 D 비스킷은 영원히 소화될 것 같지 않은 무거운 바위가 되어 내 몸속 어느 깊은 곳에 걸리고 말았다.

도리

"장모님 전화 왔던데, 당신이 전화를 안 받는다며? 전화 좀 잘 받아드려. 말도 좀 부드럽게 하고. 자식 된 도리는 해야지."

'도리: 사람이 어떤 입장에서 마땅히 행하여야 할 바른길.'

나르시시스트의 딸에게도 '어떤 입장'이 있는 것이라

면, 나는 세상 끝까지 숨어들어 가고 싶을 뿐이다. 존재 자체가 존재하지 않는 그곳에 이르면, 내 몸과 마음 구석구석에 남아 나를 즐겁게 괴롭히고 있는 저 수많은 거친 이물질들도 사라질 테지. 그리고 나는 더 이상 아픈 심장을 움켜쥐어가며 도리를 행해야 하는 주체가 아닐 테지. 도리의 감옥에 갇혀 자신의 상처조차 돌보지 못하는 굴욕감은 내가 느끼는 감정이 아닐 테지. 내가 선택하지 않은 대상의 발아래에서 그저 무릎 꿇은 자세로 살아가는 고통의 세월은 나의 시간이 아닐 테지. 불의를 불의라 밝히지 못하는 비굴함은 나의 태도가 아닐 테지.

과거의 아픔에 연연해 현재의 마땅히 할 일조차 제대로 하지 못하는 어리석음을 언제 떨쳐 버릴 것이냐는 남편의 꾸지람은 나를 향한 언어가 아닐 테지. 개인의 삶과 미래를 존중받지 못했던 나의 과거에, 내가 가진 에너지 전부를 쏟아부어 버텨냈던 나 자신에 대한 부끄러움과 아쉬움은 나의 후회가 아니겠지. 기억나지 않는 나의 전생에 내가 지은 죄들에 대한 대가는 나의 짐이 아니겠지.

"여보세요. 네, 엄마. 아깐 전화 못 받아서 죄송해요."

"얘들아, 명절에 친정 안가는 방법 좀 없을까?"

"야, 유수연! 다른 며느리들은 시댁 패스하고 친정 가고 싶어 하는데, 너도 참 유난이다. 철 좀 들어. 그러다 엄마 돌아가시고 나서 땅 치고 후회하지 말고. 혼자 지내기 적적하실 텐데, 명절이라도 잘 챙겨 드려야지. 그래도 같이 살자고 하시진 않잖아!"

"휴……. 시댁이고 친정이고, 명절 같은 것 좀 없애 버리면 안되나? 정상적인 부모 자식 관계라면 나도 이런 걸로 고민도 안 해. 자식 된 도리도 모르는 경우 없는 사람 아니잖아, 나. 그래도, 이제 외할아버지 외할머니도 안계시는데……. 나는 사실 갈 이유가 없어. 갈 때마다 수명이 줄어드는 것 같다니까."

"자, 자, 그만하고! 정화 생일에 강원도 가기로 한 거 잊지 않았지? 몇 년만의 기차여행이야! 우리 그때처럼 김밥 10줄 사갈까? 드디어 25년 만에 그곳에 다시 가다니!!!"

"수연이 너 또 그때처럼 모래밭에 앉아서 울기만 하면 안 데려간다!"

어
느
미
래

학교 계단을 오르는 아홉 살 딸아이의 뒷모습에서 삶의 무게를 느낀다. 제법 무거워 뵈는 가방을 등에 메고, 뒤로 굴러떨어지지도 않고 앞으로 고꾸라지지도 않을 만큼, 딱 그만큼씩만 앞으로 앞으로 힘을 주어 걷는다. 그러다 뒤돌아서서 내게 손을 흔든다. 그래, 저 정도라면, 혹여 오늘이 마지막이 되더라도 저 아이가 잘 자랄 수 있을 거라 막연히 안도해 보며 발걸음을 돌린다.

집을 나서던 남편이 오늘 늦을 거냐는 내 물음에

"아마도."

하고 짧게 답한다. 닫히는 현관문 틈으로 불현듯 다정한 눈빛으로 눈인사를 던지는 남편에게 편안한 미소를 지어 보인다. 어젯밤 내 두통 이야기에 뇌출혈이나 뇌졸중을 들먹이던 게 미안했던 걸까. 요즘 남편 주변에는 갑작스레 뇌 질환을 앓게 된 지인들이 적지 않다.

왠지 처음 겪는 두통에, 사실 나는 불안하다. 아직 마무리 지어 놓은 것이 하나도 없는데, 혹여 지금 자주적 생을 마감해야 한다면, 내가 얼마나 억지스럽지 않게 받아들일 수 있을지 의문이다. 내가 못 받아들인들 달라질 건 없겠지만 말이다. 그런데, 참 희한한 일이다. 몇 시간 뒤, 몇 분 뒤, 혹은 몇 초 뒤 닥칠지 모르는 어느 미래에, 내가 더 이상 정상적인 사람으로 삶을 영위할 수 없다는 생각에 잠기자, 오히려 마음이 차분해졌다. 이제 귓속이 찢어질 듯 아려온다. 머리를 흔들면 오른쪽 목덜미가 함께 결리며 찌릿하다. 정수리 안쪽과 오른쪽 귓속에서 솟은 두 돌기가 서로 손을 맞잡은 듯 이어지고 있다. 둘은 이야기를 나눈다. 무슨 이야기인지 알아들을 수는 없지만, 이제 곧 일을 마무리하자는 그들만의 약속이 분명하다. 오른쪽 안구 안쪽에도 돌기가 돋는다. 돌기들은 서로 맞잡아 비틀어질 준비가 되어 있다. 비틀어지는 각도와 속도, 회전량만큼의 고통이 고스란히 나에게 전달된다. 안구가 뻐근하게 건조되어 갈라지는 듯하다. 눈을 깜빡이는 게 두려워진다. 한 번 깜빡일 때마다, 마지막 소등이 가까워지는 건 아닌지, 다음번 깜빡임은 '감았다, 떴다'의 '감았다'로 끝나는 건 아닌지. 오른쪽 광대뼈가 땅이 꺼지듯 내려앉는다. 그 충격에 안구가 튀어나온 줄 알고 깜짝 놀라 손으로 눈을 더듬어 보며 이내 안심한다. 거울, 거울이 필요하다. 욕실 거울 앞에 선 나는 다소 평화로운 현실에 의아한 기분이 든다. 아무 일도 일어나지 않은 거울 속 내 얼굴에는 어제와 오늘과 내일이 있다. 내일이 있는 것처럼 보인다. 내일도 당연히 여기 있을 것처럼 보인다. 지금은 내일이 당연하지 않을 수도 있는데, 그 내일이 내게 또 당연히 올 거라 말을 건넨다. 차마 그 말을 받아줄 수 없는 나는 고개를 돌려 욕실 밖으로 나오고야 만다.

혹여 내가 지금 생각하는 그 어느 미래가 갑작스러운 발걸음으로 내게 다가온다면, 내가 아무런 손을 쓸 수도 없는 그 순간이 지금에라도 불현듯 닥쳐온다면, 무엇이 나를 가장 낯부끄럽게 할까. 죽음이라는 마무리는 어쩌면 편안할지 모른다. 결코 두 번 다시 깨어날 일도, 누구와 대면하게 될 일도 없을 테니까. 낯부끄러움은 비자주적인 내게 생이 남아 있을 그때, 아무런 변명조차 할 수 없는 그때, 얼굴 붉힘조차 숨길 수 없는 그때 찾아올 것만 같다. 잠시 기억을 더듬어 본다. 올해 초 이삿짐을 꾸리며 정리하고 버렸던 옛 일기장들이 내 수중에 있지 않은 것에 마음이 놓인다. 한 장 한 장 마음속에 남겨두고 찢어서 버리길 잘했다.

참, 내 편지들이 어디 있었지? 대부분의 편지들을 정리하고, 그게 언제가 되든 마지막까지 간직할 생각으로 남겨둔 의미 있는 편지들. 옷장 깊숙한 곳에 손을 넣어 더듬어 본다. 익숙한 상자 모서리에 손가락이 닿자, 나는 그게 바로 내 편지 상자임을 알아차린다. 손가락 끝에서 움직이기 시작한 상자는 금세 옷장 밖 세상에서 나와 마주한다. 뚜껑을 열어 보니 갑자기 닥친 미래에 놀란 편지들이 수북하다. 어떤 편지들은 지금 내 모습을 몰라보는 것 같다. 밝고 찬란한 미래에 나를 다시 만날 거라 믿어 의심치 않았던 내 과거의 편지들이 잠시 어리둥절한 표정을 짓다가 곧 풀이 죽어 눅눅해진다. 순식간에 수십 년의 나이를 먹어버린 편지들의 실망 어린 모습에 나는 왠지 부끄럽고 미안하다. 근사한 모습의 나를 준비하느라 나름대로는 있는 힘껏 살아왔지만, 뭔가 내 뜻에 많이 미치지 못했다. 하지만, 지금보다 치열하고 힘들었던 과거로 다시 돌아가고 싶지는 않다. 내일을 만나는 내 마음에는 설렘이 있지만, 어제를 만나는 내 마음에는 익숙한 두려움과 절망이 있을 테니. 지금까지 살아내는 것이 쉽지 않았던 만큼, 더 큰 보상을 바랐던 것이 사실이다.

어제 아침에 눈을 뜰 때까지는 그저 그런 보상이 조금 늦나보다 했던 믿음이 지금은 사라지고 없다. 그래서 곰곰이 생각해본다. 내가 그런 보상을 이미 받았던가. 언제 받았던가. 어떻게 받았던가. 약속된 보상이라는 것이 처음부터 없었던 건 아닌가. 신은 인간에게 감당할 수 있는 만큼의 시련만 준다거나, 하늘이 장차 어떤 사람에게 큰일을 맡기고자 할 때는 반드시 먼저 그 사람의 마음을 고달프게 만들고, 그 사람의 근육과 뼈를 힘들게 하고, 그 사람의 피부를 굶주리게 하고, 그 사람의 몸을 궁핍하게 하고, 그 사람의 하는 일을 어지럽게 한다거나, 고생 끝에는 낙이 온다거나 하는 말들은 결국 실의에 빠진 사람들을 어루만져 주려는 위로의 말에 지나지 않음을 오늘에서야 깨닫는다.

혹시 모르니까 일단 좀 더 살아나 보라고, 기다려도 그런 빛나는 미래 따위 오지 않는다면 그건 좀 안타깝지만 어쩔 수 없는 거라고, 그렇게 용기 있게 말해 줄 사람이 세상엔 그저 적다는 것을 상자 속 편지들도 오늘에서야 깨닫는다. 오늘을 견디기 위해 꿈꾸었을 뿐, 사실 아무것도 약속된 것은 없었다. 축 늘어진 편지들을 조심스레 꺼내 본다. 켜켜이 쌓인 편지들 틈에서 실망의 기운이 새어 나와 내 손가락을 건드리지만, 지금 내겐 진심을 담아 전해줄 위로의 말이 없다. 항공우편 한 다발이 눈에 들어온다. 수신인도 발신인도 내가 직접 적은 편지 봉투들 안에는 타국에 있는 외손녀에게 보낸 할아버지의 편지들이 고이 접혀 들어있다. 알파벳을 따라 적는 것이 할아버지께 쉽지 않을 거라는 생각에, 나는 늘 양쪽 주소를 다 적은 답장용 봉투를 함께 준비해 편지를 보내곤 했다.

일제강점기에 태어나 독립군 아버지의 얼굴 한 번 보지 못하고 질곡의 세월을 살다 가신 할아버지. 할아버지의 아버지는 단 한 번, 압록강 인근 활동을 접고 일본으로 활동지를 옮겨 가시기 전, 깊고 깊은 밤 잠시 다녀가셨다고 한다. 인기척에 잠에서 깬 어린 소년은 아버지가 혹시나 철없는 아들 때문에 떠나길 주저하실까, 이불 틈으로 아버지의 도포 자락만 쳐다보았다. 아버지를 만나면 꼭 한 번쯤은 달려가 안겨보고팠던 여러 해 소망은 접어 둔 채, 조심스럽게 속삭이는 낮은 음성을 귀에 새기고, 도포 자락 끝 바람을 가슴에 끌어 담아, 아버지가 떠나고 날이 샐 때까지 소년은 뜨거운 눈물만 소리 없이 흘렸다. 아버지가 문밖으로 나설 때만 해도 그저 차분하셨던 어머니의 침묵보다 무겁게 주저앉은 흐느낌을 밤새 보고서도, 절대로 절대로 몸을 움직이지 않으려 양팔을 부여잡고 웅크린 채 눈물만 흘렸다. 나는 다만 그 소년을 위로해 주지 못해 가슴이 저린다.

육신을 떠난 할아버지의 영혼은 지금 어디에 계실까. 그곳은 소리 내어 크게 울어도 되는 곳일까. 서로 그리워하는 영혼과 영혼이 정말 다시 만날 수 있는 곳일까. 그렇다면 다른 세상으로 이주하는 내 영혼도 두렵고 외롭지만은 않을 텐데. 내 인생에도 아버지 자리는 비어 있었다. 입 밖으로 불러 볼 기회도 없었다. 하지만 내겐 그 빈자리를 대신 채워주신 할아버지가 계셨다. 내가 사는 세상의 등대, 그런 할아버지를 다시 만날 수 있다면야, 그건 세상을 달리하더라도 진정 사무치게 감사할 일이다. 마음껏 소리 내도 되는 그곳에서 아버지라 불러 봐야지. 그렇게 달려가 안겨야지.

우선은 편지에 깃든 할아버지 내음을 다시 맡아 본다. 그렇게 많이 흘려보냈는데도, 눈물이 아직 마르지 않은 것은 신기한 일이다. 투툭투둑 떨어지는 눈물방울에 편지가 젖지 않도록 손을 부지런히 움직여 본다. 그 시절의 나는 진정 힘들었구나. 현실을 뛰어넘어 보려고 안간힘을 쓰며 살았구나. 그나마 지금이 낫구나. 나의 마지막을 스스로 정리할 수 있는 지금이 낫구나. 이것이 보상일 수도 있겠구나. 고달팠던 만큼 달콤한 미래를 꿈꾸었지만, 내게 허락된 보상은 이 정도였구나. 그걸 모르고 살았구나. 그러다 한 편지의 단락에서 기억 속 그 구절을 발견한다. '백척간두진일보(百尺竿頭進一步)'. 백 척의 벼랑 끝에서 한발 더 나아가면 오히려 살길이 열린다. 할아버지는 늘 부족하지만 아등바등하는 내게 화두를 던져 주셨다. 하지만 백 척의 벼랑에서 한발 더 나아가는 방법을 알려주시진 않았다. 어디에 백 척의 벼랑 끝이 있는지, 그리고 어떻게 한발을 더 나아가야 하는지. 이토록 보잘것없는 내게 주시기엔 그 숙제가 너무 컸던 건 아닐까.

우리는 언제나 신화적 죽음을 상상한다. 하지만 인간의 죽음이란 이미 비신화적이다. 다만, 죽음에 이르러 신화적 영역에 접근할 수 있을지도 모른다는 근거 없는 믿음이 우리 마음속에 있을지도 모른다.

할아버지의 어머니는 할아버지가 외출하셨을 때, 가시는 길을 준비하셨다고 한다. 해가 중천일 때 홀로 목욕을 하시고, 깨끗한 옷으로 갈아입으신 다음, 집에 있던 큰 손녀를 할머니 방으로 불러 놀라지 말라고 당부하신 후, 자리에 조용히 누워 홀연히 떠나셨단다. 자신의 죽음을 미리 알고 준비한다는 것, 그것이 평상시 우리 인간의 능력 밖에 있는, 신화적 영역의 일 아닌가. 그러나 지금 이 글을 읽고 있을 우리는 아직 모두 죽지 않았다. 아니, 그건 모르겠다. 죽음 이후에도 인간의 글을 읽을 수 있는지 없는지.

어쨌든 지금의 나로서는 죽음의 순간이 어떻게 느껴지고 다가오는지 사전에 확인할 방법이 없다. 죽음이라는 것이 가까워지면 자연스럽게 알게 되는 것일까. 아님, 그 순간만큼은 초월적 인간의 능력을 일시적으로 경험하게 되는 것일까. 죽음과 만나는 것은 어떤 느낌일까. 물론, 죽음의 문턱에 다녀왔다는 이들도 있다. 그들에게 경외감 혹은 두려움을 느끼게 되는 것은, 그들의 경험담을 그대로 믿고 수용해서 그렇다기보다, 적어도 그들이 잠시나마 조금 더 신화적 영역에 다가갔었던 것일지도 모른다는 가능성을 여전히 버리지 않고 있기 때문일 것이다. 그래서 의심의 끈도 놓지 않는다. 그것이 사실일까. 죽음이라는 것이 정말 그렇게 경험되는 것일까. 내가 기대했던 부분과 다른 것들은, 내가 잘못 생각했기 때문일까, 아니면 그들이 꿈과 현실을 구분하지 못한 결과일까. 그들이 가까이서 본 것, 그게 정말 죽음이 맞기는 한 것일까.

사진이다. 고교 시절을 함께 보낸 친구 둘의 사진. 나는 그 친구들의 미소가 너무 아름다워서 놀라고, 이미 서운할 만큼 자연스럽게 내가 거기 없어 놀라고, 나와 친구들 사이의 세상이 다르게 느껴져 놀란다. 그들은 이미 다른 세상에서 나를 바라보고 있다. 아니, 다른 세상의 나를 보며 웃고 있다. 처음부터 그랬다는 듯, 언제나 그랬다는 듯 해맑게 웃고 있다. 십여 년 전 마지막 연락을 주고받았던, 둘 중 좀 더 가까웠던 친구에게 과거 사진의 현재를 찍어 보내 본다. 나의 사망 십 주년 기일에 나의 영정 사진을 보며 웃는 것처럼, 친구는 살아있는 얼굴로 전송된다. 출산 후 한동안, 지독히도 사는 게 힘들었던 내가, 어느 날 갑자기 친구들에게 미안해 잠을 이룰 수 없었던 적이 있다. 아직 세상의 절반을 모른 채 살았던 그때, 나는 친구들이 겪고 있었을 험난한 일상을 상상조차 하지 못했다. 모자란 나는, 친구들에게 도움의 손을 내밀 줄도 몰랐고, 격려의 말을 해줄 줄도 몰랐고, 함께 산책할 줄도 몰랐다. 출산과 육아라는 것을, 결혼이라는 것을 생각해 본 적도 없는 내게, 친구들의 결혼생활과 육아를 위한 이직, 휴직은 그저 안타까운 선택지로 생각되었다. 더 나은 삶을 살 수 있었던 친구가, 더 빛나는 인생을 꿈꿔도 좋았을 친구가, 왜……

그것이 같은 여성으로서의 안타까움이라 여겼다. 그렇게 갑자기 휘몰아친 미안함의 폭우에 휘청거리던 나는, 차마 말로 할 수 없었던 부끄러움을 담아, 그때 내가 너무 철없어서, 너무 아무것도 몰라서 미안하다는 내용을 짧은 문장들로 적어 친구들에게 보냈다. 친구들은 대수롭지 않게 웃어줬지만, 나는 그때도 이 사진 속 친구를 챙기지 못했다. 내가 결혼식을 치를 무렵, 그 친구는 갓 태어난 어린 아기와 쉽지 않은 시간을 보내고 있었을 거다. 나는 그 친구를 두 번 잊었

나 보다. 그 친구가 결혼선물로 보내준 벽시계는 아직도 잘 가고 있는데. 그러니 그 친구의 머나먼 미소가, 나의 죽음을 기다리거나 반기는 것이라 할지라도 어쩔 수 없지 않은가.

그런데 말이다. 내가 이런 생각을 하고 있다는 사실을 다른 사람에게 전한다면 세상의 절반을, 어쩌면 그 나머지의 절반까지 더한 만큼의 사람들을 등지게 될지도 모르겠지만, 사실 '모성애'라는 개념은 사회적 억압이다. '위대한 어머니' 상은 여성들에게 위대함을 강요한다. 부모가 자식을 보호하고 정성을 다해 기르는 것은 당연하지만, 모든 어머니가 위대한 헌신을 당연한 일로 여기며 위대한 자식을 위한 위대한 발판이 될 수는 없다.

극진한 모성애의 당연함을 강조하는 사회는 그런 어머니를 가지지 못한 자식들에게는 결핍과 박탈감을 안겨 주고, 어머니가 곁에 없는 아이들에게는 결손과 패배감을 심어 준다. 그 사회는 어머니가 아닌 이들이 살기 좋은 사회다. '위대한 어머니들'이라는 이름으로, 스스로에게서 위대함을 발견한 이들이 그 자리에 서기까지, 자기 자신을 내려놓고 출산, 육아, 가사를 도맡아 하며, 그들이 불편함을 느끼거나 성가시지 않도록, 인생의 절반을 대신 살아 준 어머니들을 지칭하는 경우가 허다하지 않은가.

또 그런 어머니와 같은 여성들을 남성들은 이상적인 배우자상으로 논해 오지 않았던가. 여성들이 개인의 삶을 포기하고 가족을 위한 무조건적 희생을 택하는 순간, 남성들에 겐 큰 폭의 경쟁자들이 사라지는 결과가 만들어진다. 세상 무서운 줄 모르고 그 경쟁에 뛰어든 여성들은 계속해서 스스로의 입장을 주장하고 해명해야 하지만, 남성들에겐 그럴 의무조차 없다. 수천 년 동안 다져진 모성애 프레임이 그들을 자유롭게 한다. 플라톤이 누구나 평등하게 배울 수 있는 아카데미아를 열어 이데아를 논할 때, 그 '누구나'에 여성은 포함되어 있지 않았다.

그들이 세상과 인간의 본질에 관한 배움을 추구하는 동안, 여성들은 어디서 무엇을 하고 있어야 했을까. '배움의 권리'조차 없지만, 자식의 잘 먹는 모습에 마냥 행복감을 느끼는 위대한 사랑의 표상인 어머니, 바로 그 여성들 말이다. 예수님이 열두 제자와 마지막 만찬을 나누고 있을 때, 그 제자들이 성경을 집필하고 있을 때, 여성들은 어디서 무엇을 하고 있어야 했을까. 다빈치와 미켈란젤로가 르네상스 시대의 미술을 움직이고, 바흐와 헨델이 서양음악의 역사를 일구고 있을 때, 여성들을 어디서 무엇을 하고 있어야 했을까.

'위대한 어머니', '고귀한 사랑'이라 모성애를 포장해 두고, 가족을 위한 여성의 끝없는 헌신이 당연한 미덕으로 인식되게끔 조성된 사회는, 그 헌신을 여성 스스로가 숙명처럼 선택하도록 교육 시키는 사회는, '이상한 여자'로 매장당하지 않기 위해 어쩔 수 없이 사회가 요구하는 여성으로 여성이 성장할 수밖에 없는 사회는, 과연 누구에게 득이 되는 사회일까. 일하면서, 운동하면서, 공부하면서, 고뇌하면서, 즐기면서, 슬퍼하면서, 좌절하면서, 꿈꾸면서, 밥과 빨래를 걱정하지 않아도 되는 그들. 바로 그들 아니겠는가. 그들은 자식을 영웅으로 성장시킨 어머니를 위대한 어머니라 부른다. 그리고 그 어머니를 자신의 어머니와 비교한다.

'어머니' 하면 떠오르는 것이 무엇인지 장성한 한국 남성들에게 물어보면 무엇이라고 답할까. 대부분이 '어머니가 지어주신 따뜻한 밥'과 '가족들을 위해 한평생 고생하신 어머니의 깊은 사랑' 정도로 대답하지 않을까? 촉촉하고 그윽한 눈으로, 곁에서 저녁을 준비하는 아내의 뒷모습이 아닌 먼 산을 지긋이 바라보며. 나는 그렇게 짐작해 본다. 근래에 조금 늘어난 여성들의 권리에 고개를 한두 번 끄덕여주면, 남성들은 쉽게 성평등을 이해하고 있는 유개념 남성으로 호평을 받는다.

여성이 직장에 아이를 데리고 가면, '세상에, 저 여자 회사에 애를 달고 왔네! 진짜 주책이다. 어디 맡길 데라도 좀 찾아보든가!'라는 험담을 듣게 되지만, 남성이 직장에 아이를 데리고 가면, '와, 진짜 가정적인 아빠네요! 엄마는요? 맡기실 데가 없었나 봐요. 힘내세요.'라는 격려의 말을 듣게 된다.

남성들이 독식해 오던 분야에 이제야 진출하기 시작

한 여성들에게 이 사회는 꼭 '여성 최초'라는 수식어를 붙여준다. 마치 수백 명의 위인 목록에 여성들이 서너 명 밖에 포함되어 있지 않은 것은, 여성들이 그 오랜 세월 동안 게으르고 열등했기 때문이라고 비웃어주듯이. 유리천장? 웃기지도 않는다. 어릴 적 나는 꽤 자주 '여자는 왜'로 시작하는 것들을 물어보곤 했다. 그리고 '너는 왜'로 시작하는 대답을 곧잘 들었다. 답답하고, 불편했다. 이제 나는 곧 어떻게 전개될지 모를 삶의 단면이나 후면과 마주하겠지만, 내 아이가 맞이할 미래사회는 어느 한쪽에 공정한 사회가 아니라, 인간 모두에게 의로운 사회이길 바란다. 수천 년의 집단적 가스라이팅과 그 결과가 쉽게 정리되지는 않겠지만.

"병원엔 가봤어?"

남편의 전화다.

"아니, 아직. 이제 가 보려고."

사실 나는 '아무것도 모르는' 이 시간을 조금이라도 늘려보려고 늑장을 부리는 중이다. 이 길로 병원에서 나오지 못하는 것은 아닌지, 겁으로 가득 찬 내 영혼을 어설프게 달래면서. 자, 아이의 하교 시간 전에 어떤 상황이든 벌어져야, 남편이 나를 대신해 아이를 데리러 가든지 끼니를 챙겨주든지 할 것이다. 조금 서둘러봐야겠다.

편지 상자에 내게 남은 불안한 시간을 담아 뚜껑을 되덮는다. 언제 다시 열려 누구를 만나게 될지는 모르겠지만, 나의 역사를 간직해 준 편지들에게 새로운 운명을 선물하기로 한다. 나는 미지의 운명을 극적으로 부여받은 편지 상자를 원래의 자리로 되돌려 놓는다. 그리고 노트북에 가입 중인 보험, 통장 계좌번호, 공동인증서, 비밀번호 목록 등을 정리한 파일을 만들어 놓고 -그중에는 남편이 모르는 계좌도 두어 개 있지만- 결혼반지, 주요 도장들, 안구 각막 기증서를 파우치에 넣어 노트북과 함께 식탁 위에 올려둔다. 그리고 메모지를 한 장 준비해 적어 본다.

뒷정리를 부탁해요.
나와 함께 해줘서 고마웠어요.

너무 간결한 것 같아 뒤에 덧붙일 문장을 잠시 고민해 본다. 뜬금없이 존댓말이라 왠지 좀 낯간지러운 느낌도 들지만, 거기에 내 마음이 다 들어있기에, 그저 잘 전해지길.
"뒷정리를 부탁해요. 나와 함께 해줘서 고마웠어요."
나에게만 들리는 작은 목소리로 읽어본다.
"뒷정리를 부탁해요. 나와 함께 해줘서 고마웠어요."
순식간에 눈물이 차오른다.
"뒷정리를 부탁해요……."

숨을 크게 들이쉬고,

"나와 함께 해줘서 고마웠어요……."

목이 멜 때까지 읽는다.

"뒷정리를…… 부탁…… 해요……."

어떡해. 이제 나 어떡해.

"나와…… 함께…… 해줘서…… 고마웠어요……."

떠나기 싫어졌다. 떠나는 것이 죽기보다 싫어졌다. 하지만 내 영혼은 이미 결코 벗어날 수 없는 병상에 누워있거나 혹은 장례식장에 누워있다. 그냥 꾸역꾸역 삼키지 말고 격하게 울자. 울어버리자. 목구멍에 걸려 옴짝달싹 못하는 이 서글픔의 응어리를 풀어나 놓자. 목 놓아 울어버리자.

전화벨이 울린다. 딸아이의 전화다. 한껏 울고 겨우 숨을 고르던 중이라 적잖이 당황스럽다. 학교 정규 수업이 마치면 돌봄교실에서 몇 시간을 더 보내다 집으로 오는데, 이제 막 정규 수업이 끝났을 시간에 울리는 전화라 왠지 받아야 할 것 같다. 잠시만. 목을 최대한 가다듬어 본다. 놓아버렸던 목의 감각을 다시금 추스르고, 콧물을 힘껏 들이마신다.

"여보세요? 지우야?"

"응 엄마, 근데 목소리가 왜 그래?"

"아, 엄마 감기기가 있나 봐. 그런데 너는 이 시간에 무슨 일이야?"

"엄마, 내가 머리가 좀 아파서 보건실에 갔더니, 열이 좀 있다고 선생님이 병원에 가 보는 게 좋겠대. 엄마 지금 어디야?"

"그래? 머리 많이 아파? 엄마는 지금 집이야. 그럼 우리 같이 병원에 가 볼까?"

"응, 좋아! 근데 나 머리가 엄청 많이 아프진 않아."

"다행이다. 그럼 일단 집으로 올래? 엄마랑 문 앞에서 만나자."

"좋아, 좋아!"

아이가 집까지 오는 덴 길어야 십여 분. 냉동실에서 급하게 얼음을 꺼내 지퍼백에 얇게 깔리도록 담아 잠그고는, 마른 수건으로 한 바퀴 감아 얼굴을 묻는다. 도움이 될지 모르겠지만 눈을 감은 채 안구를 상하좌우로 굴려본다. 눈꺼풀이 덮인 눈 속은 어둡지만 적막하지 않다. 검붉은빛이 피어오르는 곳에 어둠이 드리운다 싶으면 검노란빛이, 검초록빛이, 검파란빛이, 검보라빛이 일정하지 않은 방향에서 다른 형태로 피어올라 서로 부딪히고 이어지고 흩어진다. 이것은 암흑이 아니다. 오히려 빛이다.

우선은 아이를 병원에 데려가 봐야 한다. 그렇다면 소아청소년과와 내과가 나란히 있는 동네 메디컬센터로 가 봐야겠다. 지금 내 머릿속에서 일어나고 있는 일들을 정확히 진단하기엔 부족하겠지만, 급하면 상급 병원으로 바로 옮길 수도 있겠지. 나는 얼음 수건을 주방 개수대에 던져 놓고, 있는 힘 가득 실어 지압하듯 세수를 한다. 그동안 수없이 갈고 닦았던 1분 메이크업으로 준비를 마치고, 허둥지둥 옷을 갈아입은 뒤 집을 나서면서, 잠시 어정쩡하게 멈춘 자세로 남편에게 문자메시지를 보낸다.

"지우가 열이 나서 병원 데려가. 나도 병원 다녀올게. 혹시 무슨 일 있으면 연락할게."

이 정도면 '무슨 일'이 생기더라도 심각한 충격은 피할 수 있겠지.

"엄마! 나 근데 엄마 보니까 머리가 안 아픈 것 같아!"

"그으래? 그래도 우리 얼른 병원에 다녀오자."

"응! 근데 엄마, 엄마 눈이 좀 부은 것 같기도 하고? 감기 때문인가? 엄마도 주사 맞아야겠다."

"엄마도 병원 가 보려고."

"환자부운! 오늘은 주사 열 대 맞고 가시면 됩니다아!"

아이가 능청스럽게 간호사 흉내를 내면서 깔깔거린다. 포근한 오후 햇살에 눈이 시리도록 반짝이면서 깔깔거린다. 지각변동에 뇌가 흔들리는 듯한 내 머릿속에 영원히 간직할 한 움큼의 빛이 되어, 반짝반짝 깔깔거린다. 흘러나오려는 눈물을 꾹꾹 누른다. 아이의 손을 잡고 걷는다. 앞을 보고 걷는다. 잡은 손을 흔들흔들, 이 순간의 작별 인사를 나 혼자 미리 나누며 걷는다. 앞만 보고 걷는다.

덜 붐비는 소아청소년과에 먼저 들러 진료를 본다. 바로 옆 내과에는 대기하고 있는 사람들이 꽤 많아 보였다. 다행히 아이는 가벼운 열감기에 걸린 것 같다. 열은 조금 있지만, 쉴 새 없이 재잘거리는 걸 보면 컨디션이 나쁘진 않은 모양이다.

"엄마! 나 오늘 저녁엔 엄마표 김치볶음밥 먹고 싶어. 해 줄 수 있어?"

"그럴까?"

지킬 수 없는 약속을 하는 건 정말 마음 불편한 일이다. 그래서 나는 물음처럼 대답한다. 그 약속, 내가 못 지킬지도 모른다는 것을 아이가 언젠가는 알아차릴 수 있게.

"엄마표 음식이 최고라니까! 나 왠지 그거 먹으면 빨리 나을 것 같아."

내과로 간다. 진료를 기다리던 사람들이 그새 많이 줄어 한적하다. 얼마 안 있어 간호사가 내 이름을 부른다. 나는 아이에게 내 휴대폰을 건네주며 잠시 보관해 달라고 부탁한다. 다른 전화는 그냥 두고, 아빠 전화가 오면 받으라는 말과 함께. 나는 의사에게 어제저녁부터 겪고 있는 이 낯선 두통에 대해 어떻게든 자세히 설명을 해보려고 애쓴다. 내 눈을 마주치지 않고 컴퓨터 화면만 바라보던 그가 갑자기 몸을 돌려 내 얼굴을 이리저리 살피며 묻는다.

"혹시 눈이나 귀에도 통증이 느껴지세요?"

"네, 맞아요."

"그럼 머리카락에 손끝만 스쳐도 아프고요?"

"네."

생각보다 이 의사가 지금 내가 겪고 있는 상황을 제대로 파악하고 있는 것 같아 가슴이 더욱 조여들며 두근거린다. 이제 곧 내 인생이 바뀔 한 마디를 입 밖으로 내던지겠지.

"근데, 이마 끝에 그건 뭐예요?"

의사가 내 이마에 있는 뾰루지를 보며 묻는다. 뭐 이런 데까지 관심을 가지시는지.

"아, 이건 한 이틀쯤 전에 생긴 건데, 많이 가렵거나 하진 않아요."

갑자기 의사가 돋보기를 들고 가까이 다가와 빨갛게 부어오른 부위를 살피더니, 바퀴 달린 의자를 발로 밀어 도망치듯 거리를 만들며 멀어진다.

"대상포진이네요. 항바이러스 약은 중간에 멈추거나 하면 다시 복용해야 하니까, 빠뜨리지 말고 일주일 동안 잘

110

챙겨 드세요."

"대상포진요?"

"네. 특히 머리부위에 대상포진이 생기면 통증이 심할 수 있어요. 그러니까 약 잘 드시고, 잘 쉬셔야 합니다."

"아, 그, 그렇군요. 그럼 일주일 뒤에 다시 오면 될까요?"

"약 제대로 드시고 증상이 사라지면 안 오셔도 돼요. 일주일 뒤에도 아프다 싶으면 오시고."

"네, 감사합니다."

진료실 문을 열고 나오자, 나의 남은 하루가, 나의 내일이 다시 돌아와 떨리던 나를 부드럽게 안아 준다. 다만 내가 오늘 흘린 눈물이 새삼 부끄러워진다.

"엄마, 다했어? 엄마도 감기래?"

"아니, 엄마는 대상포진이래."

"대상포진? 그건 처음 들어 보는 건데. 주사도 맞는대?"

"아니, 약만 먹으면 된대."

"에이, 아쉽다. 호오호오호오!"

아이가 또 깔깔거린다. 여전히 포근한 오후 햇살에 눈이 부시도록 반짝거리며 깔깔거린다. 지각변동에 뇌가 흔들리는 듯한 내 머릿속에 영원히 간직할 한 아름의 빛이 되어,

반짝반짝 깔깔거린다. 터져 나오려는 웃음을 꾹꾹 누른다. 아이의 손을 잡고 걷는다. 아이를 보고 걷는다. 잡은 손을 흔들흔들,이 순간의 행복에 박차를 가하듯 둘이 마주 보며 걷는다. 아이를 보며, 길가의 나무를 보며, 하늘을 보며 걷는다.

"김치볶음밥에 햄 넣을까?"

"당연하지! 김치볶음밥엔 햄이 들어가야 제맛이지."

집에 도착하자마자 주방으로 향한다. 김치볶음밥. 엄마표 김치볶음밥. 가슴 설레는 김치볶음밥. 나는 오늘도 밥을 짓는다.

"엄마! 근데 이게 뭐야?"

"뭔데?"

"뒷정리를 부탁해요. 나와 함께 해줘서 고마웠어요?"

아차…….

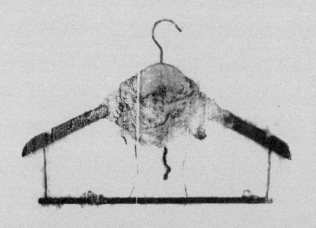

형
님

타닥 탁! 조개 입 벌어지는 소리가 냄비 뚜껑 사이로 새어 나온다. 해물탕이 충분히 끓는 동안 물잔을 채우고, 소주잔을 챙기고, 몸을 돌려 소주병을 따는 석준의 손이 바쁘다. 한 손으로 소주병을 공손하게 받쳐 들고 영진 앞으로 내밀자, 영진이 앞에 놓인 소주잔을 들어 올린다. 꿜럭꿜럭 첫 잔 채워지는 소리에 용기를 실어 석준이 말문을 연다.

"형님, 잘 지내셨습니까. 제가 연락도 자주 못 드리고 죄송합니다."

애써 웃어 보이지만 긴장감 서려 있는 석준의 얼굴을 살피던 영진도 침착하게 말을 받는다.

"그래. 연락이야 뭐, 일하다 보면 자주 못 할 수도 있지! 그런데 너 무슨 일 있지?"

"아, 형님한텐 뭘 숨길 수가 없다니까요. 하하. 일단 한 잔 하시죠!"

둘의 잔이 가볍게 부딪힌다. 영진의 잔은 남에서 북으로 석준의 잔은 동에서 북으로 기울어져 비어 간다. 투명 유리 뚜껑에 붙어 온몸으로 비명을 지르는 듯했던 낙지가 아래로 축 처져 떨어진다. 석준이 해물탕이 끓고 있는 냄비 뚜껑을 연다. 석준은 호기롭게 집어 든 가위를 낙지에 갖다 대려다 말고 잠시 머뭇거리다 다시 식탁 위에 내려놓고, 실해 보

116

이는 새우와 낙지를 통으로 건져 영진의 그릇에 정성스럽게 담아 내 본다. 그리고 자신의 그릇에는 모서리가 부서진 두부 조각과 푸성귀를 적당히 건져 담아 앞에 놓고는 영진의 표정을 살핀다. 그러자 이번엔 영진이 가위를 집어 든다. 말해주지 않아도 다 알고 있다는 듯 옅은 미소를 띤 영진이 자기 그릇의 낙지를 위아래 반으로 잘라 커 보이는 쪽을 석준의 그릇으로 옮겨 올려준다. 석준이 눈물을 글썽인다.

"아이고 형님! 형님은 이렇게 진심으로 저를 챙겨 주시는데, 제가 그만 못난 짓을 해서……."

"그래. 사실 얼마 전에 태홍이한테 들었다. 마음고생이 크겠다 싶었지. 지금 상황은 어떻게 돌아가고 있는 거야?"

"2년 정직 받았습니다. 학장님 말씀으로, 그 학생 엄마가 처음에는 형사처벌 받게 하겠다고 핏대를 세웠다는데 어찌어찌 합의가 된 모양입니다. 다행히 아버지도 없고, 집안에 힘 있는 사람도 딱히 없는 것 같아서, 아이 앞길에 득 될 일을 선택하는 게 낫지 않겠냐며 합의를 제안했는데 그게 먹혔다고요. 그래도 2년 치 연봉 정도는 있어야 마무리가 될 거라고 들었습니다. 아찔하더라고요. 혹시나, 혹시라도, 그쪽에 누군가 무시 못 할 사람이라도 있었다면, 지금쯤, 제가, 제가……."

담담하게 이야기를 시작하던 석준의 목소리가 조금

씩 감정에 흔들리다가 결국 목멘 침묵으로 이어진다.

"그래. 그만하기 정말 다행이다. 실수를 하더라도 사람 봐 가면서 하는 게 맞지. 너무 의기소침하지 마. 남자가 일하다 보면 그럴 수도 있는 거야. 네가 심성 좋고 여리니까 재수 없게 걸린 거지 뭐. 그런 사람이 하나둘도 아니고. 어깨 펴고! 인생 끝난 거 아냐. 원래 좋은 일 생기기 전엔 안 좋은 일부터 생긴다잖아!"

"형님! 그렇게 말씀해 주셔서 감사합니다. 제가 좀 더 조심을 했어야 하는데, 결국 형님께 이런 모습을 보이게 돼서 부끄럽습니다."

"그래. 뭐, 그것도 능력 아니겠냐? 하하하. 근데, 그 학생은 계속 학교 다닌대?"

"합의금으로 유학 보내기로 했다던데, 재능이 없진 않으니 어디로든 가겠죠. 조교 일은 지난달에 그만뒀습니다. 사실, 좀 미안하지만, 이 학교 다닐 만한 학생은 아닙니다. 제가 봐도 실력이 꽤 있어요. 듣자 하니, 집안 형편 때문에 장학금 받으려고 이 학교에도 들어오고, 조교도 했던 거라고……."

"그래. 부모 잘 못 만나서 제대로 된 기회도 없이 고생하는 학생, 과정이야 어찌 됐든 유학 보내서 날개 달게 해 주는 거면, 결과적으로는 좋은 일 하는 거네!"

"뭐, 그런 셈이죠. 저도 누가 편안한 유학 좀 보내줬으면 좋았을 텐데요. 하하하하하!"

"그래. 너도 유학 가 있는 동안에 아버지 돌아가셔서 고생 좀 했는데 말이다. 편하게 유학 갈 복 있는 사람들은 따로 있다니까!"

"세상이 참 불공평합니다. 저도 이제 겨우 살 만 해졌는데, 2년 치 연봉 다 말아먹게 생겨서, 처자식 먹여 살릴 일이 걱정입니다. 가뜩이나 작은 애 국제고 학비도 만만찮은데 말이죠."

"그래. 그래도 깔고 앉아 있을 집이라도 있으니 길바닥에 나앉진 않겠지. 어떻게든 빨리 복직할 수 있게 방법을 강구 해 보자."

"네, 형님! 그렇게만 된다면……. 그렇잖아도 얼마 전에 형님이 소개해 주신 그 점집에 가봤는데, 내년 중반부터는 잘 풀릴 거라고 하시던걸요. 선녀님 포스가 진짜 대단했습니다. 여하튼 당분간은 좀 쉰다 생각하는 것이 좋을 것 같다고 하시길래, 그리 마음을 먹었습니다."

"그래. 그런 때도 필요하지. 그렇다고 아무것도 안 하고 마냥 집안에 앉아 있을 수만은 없잖아? 소일거리라도 있어야지. 생각해 본 일이라도 좀 있긴 하고?"

"입시생 몇 명 봐주려고 합니다. 태홍이가 벌써 두 명이나 알아봐 줬지 뭡니까. 같은 아파트 단지에 사는 구청장님 아들이랑 거인제약 아들이요. 아무래도 여학생은 피하는

게 좋겠다고 남학생들로만 알아보고 있답니다."

"그래. 어려울 때 서로 돕고 사는 거지. 나도 좀 알아볼게. 찾아보면 주변에 입시생들 좀 있겠지. 참! 철하건설 큰아들 지금 재수하는데, 상의 좀 해봐야겠다. 작년에 좀 무리해서 지원을 하긴 했는데, 그래도 그 학교에 내 후배가 있어서 부탁을 해 놨었거든. 내가 예전에 도와준 것도 있고 해서 믿고 있었는데, 막판에 도저히 못 하겠다고 연락이 왔더라고! 교육자의 양심을 버릴 수 없다나? 나 참, 같은 지방 출신이 그렇게라도 손을 잡고 끌어줘야 다 같이 잘사는 거 아닌가? 어차피 서울 출신이랑 지방 출신은 이미 공평한 싸움 자체가 안 되는데. 혼자서 깨끗한 척이야. 그럼 우리는 뭐 쓰레기야?

그리고 내 입장은 뭐가 되냐고! 철하건설 대표한테 걱정하지 말라고 큰소리쳐 놨는데 말야. 재수 없게. 걔는 뭐 자기가 처음부터 서울 출신인 것처럼 행동하더라니까. 가진 것하나 없는 놈 주제에. 너도 알지, 석민호? 내가 걔 딸이 어디꼭 들어가고 싶어 하는 곳이 있는데 경력이 모자란 대서, 우리 기관 경력서도 1년짜리 만들어 줬다니까! 사람이 도움을 줬으면 양심껏 갚아야. 안 그래? 에잇, 술맛이 다 떨어지네. 이제 그 자식 이름도 입에 담기 싫다. 퉷! 아무튼, 그 철하건설 아들이 올해는 꼭 대학 들어가야 해서, 레슨 받으러 일주일에 한 번씩 서울까지 왔다 갔다 하고 있거든. 요새는 골치 아프게 블라인드 심사라, 이렇게라도 이쪽 스타일을 그쪽 눈에 비춰 놔야 누군지 알아보고 손을 쓰더라고. 남들 보기에 뭐라도 하는 것처럼 보이는 것도 무시할 수 없고. 그래, 서울 안 가는 날에 네가 좀 봐주면 되겠네! 이번엔 확실한 사람을 찾아 두긴 했는데, 아무리 믿는 구석이 있어도 적당히 잘하는 흉내는 낼 수 있어야 하잖아. 네 지인들까지 미리 좀 심어 놔 주면 더 좋고. 그 철하건설 대표가 석민호 같은 놈이랑 다르게 참 경우가 바른 양반이거든. 도움받은 건 절대로 그냥 넘어가는 법이 없어. 작년엔 입시에 실패했는데도, 신경 써 줘서 고맙다고 쇼핑백 하나를 챙겨 주더라니까. 그러니 입시 성공만 하면, 도움 준 사람들한테 가만있진 않을 거야."

"감사합니다, 형님! 다들 이렇게 도와주시니 제가 그동안 헛살지는 않았던 모양입니다. 이 신세는 평생을 두고 갚겠습니다, 형님. 그런데, 석민호 있는 곳이면 광익대 말이군요. 저도 그 친구 좀 압니다. 중학교 동긴데, 원래부터 잘난 척 오졌습니다. 돈 없어서 학원에도 제대로 못 다니는 놈이 대회라는 대회는 다 나가서 상을 휩쓸고 잘난 척을 해대길래, 너무 보기 싫어서 제가 어깨를 살짝 밀친 적이 있거든요. 진짜 살짝요. 근데 자기 혼자 넘어져서 교복 한쪽 소매가 뜯어졌었거든요. 아니 그걸 새로 안 맞추고 졸업할 때까지 고쳐서 입고 다니더라니까요! 개천 용이 그래서 무서운

겁니다. 독기가 있어요. 무슨 말이 안 통해요. 그래도 형님한 텐 성의를 보였네요. 제가 제 조카 녀석 때문에 연락했을 때는 자기까지 이상한 사람 만들지 말라고 단칼에 거절했다니까요. 사람 기분 나쁘게 하는 재주가 있는 놈이잖아요. 그런 걸 보면, 금수저들은 확실히 달라요. 그 구청장님 아들만 하더라도, 어려움이라고는 모르고 자라서 그런지, 구김살 하나 없고 참 해맑습니다. 주중엔 조용히 재수학원 다니다가 주말엔 포르쉐 타고 놀러 나가더라고요. 그것도 옆자리에 파트너 태워서요! 와, 어린애가 어찌나 멋진지. 하긴, 형님도 제가 가장 존경하는 금수저 아니겠습니까!"

"금수저는 무슨! 하하. 그래, 나 정도면 그냥 은수저? 그 정도라고 해두자. 하하하. 어쨌든, 일단은 몸 좀 사리고 있으라고. 괜히 별것 아닌 일로 물어뜯는 사람들도 있으니까."

"네, 형님. 조심하겠습니다."

"그래. 근데 이번에도 고량주 마신 거야? 너 고량주만 마시면 실수하잖아. 전에도 내가 그 식당 종업원 달래느라고 얼마나 고생한 줄 알지? 학교에서도 사실 이번이 처음 아니잖아."

"형님, 면목 없습니다. 그때도 형님 아니셨으면, 제가 큰일을 치를 뻔했습니다. 사람들이 제 말은 그냥 무시해도, 귀공자 같은 형님이 나서서 부드럽게 말씀하시면 결국 다 넘어가니, 같이 계신 덕분에 제가 구원받았죠. 그런 건 좀 배워두고 싶은데, 저는 외모가 안돼서 말입니다. 하하하. 그런데 이번엔 제가 시킨 거 아닙니다. 회의 마치고 늦게 도착했더니 다들 고량주 마시고 있더라고요. 학장님도 계셔서 어쩔 수 없었습니다."

"그래. 서학장이 고량주 엄청 좋아하지! 나도 웬만해서는 먼저 안 취하는데, 와, 지난번에 그 친구랑 같이 고량주 마시다가 내가 도중에 쓰러졌다니까. 그건 그래도, 네가 알아서 좀 조심했어야지!"

"아, 맞습니다, 형님. 제가 조심했어야죠."

"그래. 그럴 수 있지. 그런데 걔는 어떤 앤데?"

"하아, 그게 말이죠, 형님. 이미 학장님이 눈독을 들이시고 천천히 나가고 계시던 참에, 뒤늦게 도착한 제가 눈치도 없이 밀어붙였지 뭡니까. 초반에 사인을 좀 주셨던 것 같은데, 제가 어디서 그런 용기가 났는지 아예 모른 척했다니까요. 걔가, 바로 제 옆에 있는데 말이죠, 가슴이 막 두근두근하는데 미치겠더라고요. 제가 정말 순수했던 시절로 돌아간 것 같은 느낌이 들지 뭡니까. 절대 싸구려 감정으로 그런 거 아닙니다. 갑자기 번개라도 맞은 마냥 '나도 순정이 있었던 놈이구나.' 하는 생각까지 들었으니까요. 그 순간만큼은……. 나름 진심이었습니다. 그 아이가 정말 잘됐으면 좋겠어요. 하아……, 정말……, 그 느낌이……. 부끄럽습니다,

형님.”

“그래. 순정 그거 좋지!”

어느새 줄어든 소주와 해물탕처럼 둘 사이의 긴장감
도 사라진 지 오래다. 석준과 영진의 저녁 식사는, 깊어지는
이야기만큼 걸쭉하게 익어간다.

- 2 -

영진은 벌써 일곱 번째 통화를 시도 중이다. 다들 바
쁠 텐데, 영진의 전화만큼은 무슨 일이 있어도 받아주는 녀
석들이 기특하기만 하다. 이렇게 형님 노릇을 할 수 있는 때
가 영진은 즐겁다. 며칠 전 제주도에서 열린 심포지움에서,
다른 발제자들은 모두 서울에서 활동하며 알고 지내는 사람
들이라 서로 친밀하게 인사를 주고받는데, 영진은 아는 사람
조차 제대로 없어 어색하기 짝이 없었던 한때를 피부가 기억
해낸다. 공공 행사이니만큼, 구색 맞추는 노력이라도 한 것
처럼 보이려고 지방 출신인 영진을 끼워 넣은 것이 분명하
다. 파렴치한들. 하지만 이곳에선 영진을 모르는 사람이 거
의 없다. 영진이 챙기는 만큼 동생들은 충성을 다한다. 영진
은 이곳을 사랑하지 않을 수 없다. 희미해져 가던 자존감이
다시 선명해지는 순간의 쾌감이란!

“아, 형님! 무슨 일이십니까?”

"그래, 기태야. 지금 잠시 통화 가능한가 해서."

"당연하죠, 형님! 잠시만요, 자리 좀 옮기겠습니다."

"그래. 바쁜 일 있는 건 아니고?"

"아닙니다, 형님. 지금 형님이 얼마 전에 추천해주신 프로젝트 심의 들어왔는데, 대부분 아는 후배들이라, 편히 해도 괜찮습니다. 아시다시피, 형식 갖추려고 하는 거잖습니까."

"그래. 요즘에 멋모르고 우리 지역 프로젝트에 지원하는 서울 출신 애들 많던데, 왜 여기 밥그릇까지 뺏으려고 드는지 모르겠더라고. 서울에서 뭐 잘 안되니까, 여기까지 지원하는 거 아냐! 서울 출신이라면 다 뽑아주는 줄 알고 그러나 본데, 그런 것들은 우리가 신경써서 적당히 걸러 줘야 해. 그래야 후배들이 설 자리가 생기지."

"맞습니다, 형님. 이곳 분위기조차 제대로 모르는 지원자들이 꽤 보이네요. 그래서 적당히 무시하고 있습니다. 서울 가면 어차피 우리도 무시당하지 않습니까? 그나저나 관심 있는 척 질문하는 것도 고역입니다. 하하하. 참! 말씀하신 그 친구 건은 일단 다른 심의의원들과도 얘기가 다 됐습니다."

"그래. 잘했다. 걔 아버지가 변호산데, 사람 참 좋거든. 아들이 제 앞가림하는 것만 봐도 기분 좋을 거 아냐. 지난번에 석호 표절 시비 붙었을 때도, 어찌나 친절하게 도와

주던지!"

영진의 수화기 너머로 저벅저벅 발소리에 이어 무거운 문 하나가 열고 닫히는 소리가 들린다.

"아, 형님! 이제 조용한 곳으로 나왔습니다. 말씀하시죠."

"그래. 내가 어제 석준이를 만났는데, 요즘 많이 힘든 것 같더라. 너도 소식은 들었지?"

"네, 형님. 좀 요령껏 했어야 하는데, 석준이가 순진해서 딱 걸린 모양이더라고요."

"그래. 그 심성 착한 사람이 혹시나 안 좋은 마음이라도 먹을까 봐 걱정이다. 너희들이 잘 좀 챙겨줘야겠더라. 어제 보니 안색이 말이 아니더라고."

"그래야죠, 형님. 걱정 마십시오. 그렇잖아도 오늘 심의 끝나고 만나기로 했습니다. 회라도 한 접시 사주려고요."

"그래. 그래 준다니 내 마음이 놓인다. 힘들 때 서로 돕는 게 의리고 정이지."

영진은 종이에 베인 손가락을 만지작거리며 약국에 들어선다. 밀린 서류를 한꺼번에 확인할 때는 꼭 어딘가 문제가 생긴다. 밴드가 진열되어있는 쪽으로 걸어가다 말고, 영진은 그만 그 자리에 멈춰 선다. 영진의 심장도 멈춰 선다. 지호다. 지금 영진의 눈앞에 지호가 있다. 이 순간을 백만 번도 더 상상해왔던 영진이지만, 익숙함이라고는 전혀 느껴지지 않는다. 미리 준비한 보람도 없다. 담담함도 없다. 그저 당혹스러움에 거칠게 멱살을 잡혀 숨이 막히는 듯하다. 지금 영진의 눈앞에 영진을 아직 발견하지 못한 낯선 지호가 있다. 그러다 고개를 돌리던 지호가 영진을 발견하자, 지호와 영진 사이의 좁은 공간에 이십여 년 전의 아련한 시간이 순식간에 빼곡히 들어찬다. 그 틈으로 빨려 들어가 정신을 놓고 허우적대는 영진에게 지호가 손을 내민다.

"진아!"

영진은 갑자기 또렷해진 정신으로 지호를 다시 본다.

"어어, 그래. 지호야."

"말머리마다 '그래' 붙이는 습관은 여전하네! 하긴, 그게 네 매력이긴 하지. 네가 '그래'라고 말해줄 때마다, 왠지 모르게 동의받고 위로받는 느낌이 들었었는데."

"그, 그래. 잘 지냈어?"

"잘 지냈지, 그럼. 넌 성공했다더니 좋아 보인다."

"성공은 무슨……. 그래, 너는 뭐 하면서 지냈어?"

세상에서 떨어져 나온 우주 조각에 둘밖에 없는 듯 느껴지던 그때, 약사가 현실의 문을 열고 들어온다.

"손님, 약 나왔습니다!"

약사가 부르는 소리에 지호는 대답을 하는 대신 카운터 앞으로 다가간다. 약사는 늘 하는 이야기이지만 복용법을 반드시 잘 지켜야 한다는 당부와 함께 약봉지를 지호에게 건넨다. 지호는 약봉지를 서둘러 가방 속 깊숙이 집어넣는다.

"진아, 나 그만 가볼게."

"어? 그, 그래."

영진의 영혼이 잠시 시간의 무덤 속에 멈춰있던 사이, 약국 문을 나서는 지호의 뒷모습을 뒤늦게 발견한 영진은 재빨리 뛰어나가 문 앞에서 지호를 불러 세운다. 곧 터질 듯 붉게 부풀어 오른 지호의 두 눈이 영진의 가슴에 생채기를 낸다. 지호가 아무 말 없이, 비상 깜빡이가 켜진 길가의 정차 차량 운전석으로 걸어가는 동안, 영진은 다음 날 저녁 7시에 예전에 자주 가던 그 식당에서 기다리겠다는 약속의 말을 던진다. 지호의 차가 떠난 후에도, 영진은 그 자리에 한참을 서 있다.

　　석준은 이 기쁜 소식을 누구보다 먼저 영진에게 알리고 싶다. 휴대폰을 든 손이 들뜬 마음처럼 요동친다.

　　"그래, 석준아. 이 늦은 시간에 무슨 일이야? 별일 있는 건 아니지?"

　　"아, 형님! 무슨 일 있죠, 있습니다! 저 이번 학기에 복직 가능하답니다!"

　　"그래? 석준아, 정말 잘됐다! 얼마 전에 서학장 만나서 부탁을 좀 하긴 했는데, 이렇게 빨리 해결될 줄은 몰랐네. 석준이 네가 착하게 사니까, 이렇게 복을 받나 보다!"

　　"아이고, 이게 다 형님 덕분입니다. 형님도 아시겠지만, 제가 지난 1년 정말 힘들게 보냈잖습니까. 그래서 남은 1년은 또 어떻게 보내나 했는데, 좀 전에 학장님께서 전화를 주셨지 뭡니까. 그 학생 엄마가 학장 이름으로 추천서 한 장 써주면 더 이상 문제 삼지 않겠다고 했답니다. 그래도 타고난 재능이 있는 학생이라 그쪽에서 꽤 좋은 학교에 들어가게 된 모양이에요. 아, 형님! 정말 감사합니다! 이 은혜는 꼭……."

　　울음기 섞인 석준의 목소리가 조용해진다. 영진은 아끼는 동생에게 자신이 도움을 준 것 같아 진심으로 기쁘다. 누군가에게 필요한 사람이 되는 것만큼 뿌듯한 일이 또 있을까! 영진은 자신의 선한 본성이 자랑스럽다. 그래서 더 도울 일이 없는지 머리를 이리저리 굴려본다.

"그래. 이제부터는 아무 일도 없었다는 듯이 왕성한 활동력을 보여주는 게 중요해. 사람들한테 너의 재기를 분명히 보여주는 거야! 이런 때일수록 주눅 들지 말고 당당하게 행동해야 해. 그렇잖으면 사람들이 진짜 무슨 큰 잘못이라도 저지른 줄 안다니까. 아! 다음 주에 재단 심의가 있는데 내가 심의위원으로 너를 추천할게. 갈 수 있겠지?"

"여부가 있겠습니까, 형님! 저는 그저 감사할 따름입니다. 제가 복직하는 기념으로 크게 한 잔 대접하겠습니다!"

"그래. 말만 들어도 고맙다. 나도 뭔가 큰 짐 하나는 덜어낸 기분이야. 잘됐다, 잘됐어."

"아, 형님. 형님도 무슨 고민 있는 것 아닙니까? 큰 짐 하나 빠지고, 나머지가 또 있는 것처럼 들려서요."

"그래, 내가 이것저것 생각할 게 좀 많다. 심각한 문제는 아니니까, 걱정하지 마. 아무튼 축하한다, 석준아!"

"네, 형님! 감사합니다. 그리고 심각한 문제는 아니라니 다행입니다. 형님은 늘 다른 사람 도와줄 생각만 하시고, 정작 본인 문제는 말씀을 통 안 하시니……. 제가 할 수 있는 일이라면, 그게 뭐든 꼭 도와드리겠습니다! 그러니, 혼자 고민하지 마시고, 언제든 얘기만 해 주십시오!"

"그래, 고맙다 석준아."

칼국수가 불어 국물이 거의 남아 있지 않을 때쯤, 지호가 식당 안으로 들어온다. 칼국수 한 가지만 하는 이 식당은, 사람이 들어오면 인원수 확인만 하고, 주문도 필요 없이 칼국수를 내온다. 상대가 같이 오든, 따로 늦게 오든, 혹은 오지 않든, 칼국수는 그냥 나온다. 사정이 생겨 누군가가 식은 칼국수와 마주하게 될 땐, 손을 들어 추가 주문을 하면 된다. 지호를 확인한 영진은 그래서 주방 쪽으로 2개를 가리키는 손을 들어 보인다. 지호가 다가온다. 영진의 신경세포는 어제에 이어 지나치게 긴장 중이고, 말문이 막힌 영진을 살려주는 건 오늘도 지호다.

"많이 기다렸지? 잠시 어딜 좀 다녀오느라고."

"그래. 나도 사실 좀 전에 왔어. 어서 앉아."

지호의 눈에 대접 가득 불어난 칼국수 두 그릇이 들어온다. 영진의 눈에 조금 부어오른 듯한 지호의 두 눈이 들어온다. 하지만 둘은 모른 척 다른 곳으로 시선을 돌린다.

"여긴 예전 그대로네! 가끔 이 집 칼국수 생각났었는데, 왜 안 왔나 몰라. 너는? 이 집 오랜만이야?"

"그래, 어, 어. 나도 오랜만이지."

지호는 지난주에도 저녁에 혼자 들러 칼국수에 소주한 병을 마셨고, 영진은 한 달에 두어 번은 이곳에서 점심식사를 한다. 하지만, 둘은 모른 척 두리번두리번 시선을 굴린다.

"진은 어떻게 지냈어? 그냥 슬쩍 보기만 해도 엄청 잘 지내고 있는 것 같은데! 기관장 됐다는 소식도 들었고."

"그래, 나야 잘 지내지. 너도 잘 지내는 거지?"

어색한 인사가 오고 가는 사이, 새로 주문한 칼국수가 나온다. 둘은 습관처럼 숟가락으로 국물부터 맛본다.

"우와, 역시 맛있네! 맛이 하나도 안 변했어."

"그, 그래. 그러네. 진짜 하나도 안 변했네."

걷히지 않고 계속 맴도는 정적의 기운에 둘은 어쩔 줄 몰라 한다. 영진은 이런 분위기에 어색함보다는 깊이를 알 수 없는 책임감을 느낀다. 이십여 년의 공백을 이어 줄 공동의 화제가 바로 어제의 만남에 있을 거라 생각한 영진이 말한다.

"그래, 어제 약국에서는 무슨 약을 산 거야? 나는 또 종이에 손가락을 베어서 밴드를 사러 갔었거든."

"신경안정제."

"그, 그래, 누가 먹는 건데? 지호 네가?"

"응."

전혀 생각지 못했던 지호의 답변에 적잖이 당황한 영진에게 지호는 아무렇지 않은 듯 말을 잇는다.

"1년쯤 됐어. 약 안 먹으면 잠을 못 자거든. 그래도 지금은 많이 나아진 거야!"

지호는 세상 누구보다 강한 사람이라고 생각했던 영진에게, 지호의 신경안정제는 신경불안제로 돌변해 영진의 식도를 태우고 넘어가는 듯하다. 목소리가 사라진 건 아닌지, 영진의 말이 입 밖으로 나오지 않는다.

"일이 좀 있었거든. 내가 잘못한 것도 아닌데, 세상 눈치는 내가 다 봐야 하는…… 그런 일."

영진은 이 대화를 어떻게 이어나가야 할지 두렵다.

"참, 나 개명했어. 이제 이지호 아니고, 민지수야. 우리 엄마 성 따라서."

"그, 그래. 개명했구나. 이름 좋네. 민지수."

"응, 고마워."

정적 후의 적막함. 지호, 아니 지수는 영진의 눈을 피한다.

"진아. 내가 지금부터 하는 말, 잘 들어봐. 다시 얘기하지 않을 테니까."

지수는 뭔가 해야 할 말들을 마음속에 차곡차곡 정리해서 담아 온 모양이다.

"너랑 헤어진 날 아침에 말야, 내가 누굴 만났는지 알아? 네 아버지. 평소엔 그렇게 자상하셨었는데, 그날은 너무 무서웠어. 네가 유학 간다고 하면 내가 당연히 같이 따라나설 줄 아셨던 모양이야. 그런데 내가 그럴 수가 없었잖아. 엄마랑 아픈 동생만 놔두고. 그래서 네가 갑자기 유학가는 걸 다시 생각해보겠다고 하니, 내가 네 발목을 잡아서 앞길을 망쳐 놓는다고 생각하신 것 같아. 그래서…… 너를 좀 놔달라고……. 그런데……, 그날 아침에 임신테스트기에 두 줄이 떠서 나도 거의 제정신이 아니었거든. 혹시라도 네 부모님이 아시게 되면 그 아이도 무사하지 못할 것 같다는 생각이 들더라."

"그, 그게 무슨 소리야?"

"일단 끝까지 들어봐. 그래서, 두 번 다시 만나는 일 없을 거라고 말씀드리고 그냥 도망쳤어. 아버님은 내 뒷모습에 대고 약속 꼭 지키라며 당부까지 하셨고. 그때부턴 뭐가 어떻게 된 건지 자세한 건 기억도 잘 안나. 집에 가서 무작정 엄마한테 취직을 해서 다른 지역으로 이사를 가야겠다고 말하고, 바로 다음 날 이사를 했으니까. 나는 미혼모가 됐지만, 그래도 여자 네 명이서 나름 잘 살았어. 엄마가 2년 전 뺑소니로 돌아가시기 전까지는."

"그, 그래, 여자아이를, 낳……은 거야?"

"잠시만. 동생이 그 충격으로 지금까지 병원에 있어. 병원비라는 게 끝이 없더라. 학원 선생으로 겨우 살아가는 나한텐 꽤 버겁더라고……. 그래서, 아이 대학 간다는데 뒷바라지 하나 못 해줬어. 그런데 또 아이는 학비 안 내도 되는 곳으로 가서 내 걱정 안 시키겠다고……. 정말 가슴이

미어지더라. 내가 봐도, 훨씬 나은 곳으로 갈 수 있는 아인데……, 내가 능력이 없어서…….”

잘 참아오던 지수가 흐느낀다. 감전된 듯 정신이 가물거리던 영진은 어떻게든 지수를 위로해 주고 싶지만, 어떻게 해야 할지 몰라 그저 안절부절못할 뿐이다. 그러다 손에 잡힌 주머니 속 손수건을 지수 앞에 내밀어 본다. 하지만 지수는 영진의 손수건 대신 가방 속 물티슈를 꺼내 쓴다. 긴 들숨과 날숨으로 숨을 고르고, 코끝 훔치기를 반복하다가, 지수가 다시 말을 잇는다.

“내가 거기만 안 보냈어도 그런 험한 일은 겪지도 않았을 텐데. 그런 일 겪고 받은 보상금으로, 그냥 한국 땅에 다시는 돌아오지 말라고 외국 보내놨는데, 거기서도 나 같은 어미 만난 거 원망하기는커녕 더 열심히 살아보겠다고 피땀 흘리고 있으니, 내 마음이 더 썩어 문드러지는 거야. 내가 걔 속을 아니까, 괜찮다는 말이 더 마음 아파서 못 견디겠고, 이렇게 무능한 나를 용서할 수가 없는데 내가 어떻게 잠이 오겠어.”

“자, 잠시만. 무슨 일이 있었던 건데?”

“그 대학 교수라는 놈이, 그 더러운 놈이…….”

지수가 이제는 고개를 떨구고 운다. 바르르 떨리는 어깨의 흔들림이 영진에겐 지진이 되어 전해진다. 가슴이 갈라지고 이성이 무너져내린다. 땅속 깊이 묻어 두었던 지난날들이 거꾸로 솟아올라 영진의 심장을 때린다.

"그래, 대체 무슨 일이 있었던 거냐고!"

영진은 자기도 모르게 소리를 질러놓고 머뭇거린다.

"미안……. 다그치려고 그런 거 아냐. 너무 화가 나서 그만."

영진은 지수 옆자리로 옮겨 지수의 어깨를 한쪽 팔로 감싸 안는다. 그러자 지수는 몸을 비틀어 영진의 팔을 뿌리친다. 영진은 다시 한번 같은 자세로 지수를 감싸 보지만, 지수의 분명한 거절의 몸짓을 확인하고는 어색하게 제 자리로 돌아와 앉는다.

"진아. 너 화내라고 한 이야기 아니야. 이건 내 문제니까. 사실 아무 이야기 안 하고 살 수도 있었는데……, 어젯밤 내도록 고민했어. 그런데, 네가 꼭 좀 도와줬으면 하는 게 있어. 너한텐 그럴만한 힘이 있을 테니까. 다른 건 다 내가 노력하면 처리할 수 있는데……, 딱 하나, 내 힘으로는 안 되는 게 있어서……. 그것만 좀 해결해 주면 안 될까? 앞으로도 네 인생에 없는 사람처럼 살게. 지금까지 그랬던 것처럼."

"그래, 일단 무슨 일인지 말 해봐."

"선경대학교에 김석준이라는 놈이 있어. 서남희라는 학장이랑. 김석준 그놈이 우리 아이를 괴롭혔지만, 서남희 그 인간도 한패야. 똑같은 인간들이라고. 그놈들 아무렇지도 않게 아이들 가르치는 교수랍시고 사는 꼴 보고 있으려니 내가 미칠 것 같아. 내가 좀 알아봤는데, 김석준은 진이 고등학교 후배인 것 같던데, 혹시 몰라?"

영진의 귀에 김석준의 이름이 들리는 순간, 영진은 나락으로 떨어지는 듯한 현기증을 느낀다. 그 뒷말은 거의 고막에 닿고 사라진다. 고막 안쪽에는 석준에게서 들었던 끈적끈적한 모험담이 끔찍한 소리를 내며 부글거린다.

"진아? 듣고 있어? 김석준 모르냐고!"

"그, 그래. 이름은 들어봤어."

"아, 그렇구나······. 나는 진이랑 같은 고등학교 출신에 전공 분야까지 비슷해서, 잘 아는 사이일거라 생각했어. 하긴, 너는 좋은 사람이니까. 그렇게 더러운 인간들이랑 상종을 할 리가 없지. 미안. 괜한 얘기를 꺼냈네."

"아, 아니, 아냐! 내가 뭔가 할 수 있을 거야. 뭐든, 내가 좀 알아볼게."

"고마워, 진아."

"그래, 우선 마음 좀 추스르고, 칼국수 좀 먹어봐. 아, 잠깐만. 너무 식었네."

영진은 다시 손을 들어 갓 끓인 칼국수 두 그릇을 추가로 주문한다. 지수는 그런 영진을 잠시 쳐다보고는 자리에서 일어나 카운터 쪽으로 걸어간다. 지수가 되기 전 지호는 늘 이 식당에 올 때마다 가족들과 저녁으로 먹을 칼국수를 포장해가곤 했다. 영진은 그런 지호의 모습을 익숙하게 떠올려본다. 그런데 지호가 카운터에 들렀다가 다시 영진이 있는 자리로 돌아오지 않고 그냥 나간다. 인사도 없이 지수가 가게 밖으로 나간다. 영진이 급히 일어나 뒤따라 나가지만, 지수는 이미 출발한 택시 안에 앉아 있다.

"지호야……. 지수야……."

영진은 지금의 상황을 받아들이기 힘들다. 지수가 남긴 것은 영진을 자멸시킬 것 같은 현실과 과거의 진실. 전화번호도 주소도 없고, 한동안 잠드는 순간까지 끝없이 되뇔 마지막 인사의 기억도 없다. 20여 년 전 영진의 아버지는, 지호가 어느 날 갑자기 당신에게 전화를 걸어 영진과 헤어져 줄 테니 조용히 살 만큼의 돈을 요구했다고 했다. 그럴 수 없다고 했더니, 아무도 모르는 곳으로 숨어 버렸다고. 앙큼한 계집애지만 부끄러운 게 뭔지는 아는 아이였다고.

- 6 -

영진은 석준과 서학장의 이야기를 한 TV 시사 프로그램에 익명으로 제보하고, 필체가 드러나지 않는 레터 컷으로 대자보를 만들어, 선경대학 곳곳에 야간도배할 아르바이트생들에게 은밀히 전달한다. 멀쩡해 보이는 영진의 결혼생활에서 얻을 수 없었던 한 가지, 아이. 그래서 영진에겐 더 없이 감사하고 반가운 지수와의 아이를 감히 욕보인 족속들에게 영진은 살의라는 걸 느낀다. 영진은 끓어 넘치는 분노에 다리마저 휘청거리지만, 거기에 몸을 맡겨둘 수는 없다. 영진에겐 놓치고 싶지 않은 것들이 있다. 영진을 형님으로 살아갈 수 있게 해 주는 바로 이곳의 모든 것들.

늦은 밤, 전화가 울린다. 김석준 개자식. 김석준 미친 새끼. 김석준 이 더러운 놈.

"그래, 석준아. 이 시간에 무슨 일이야?"

"형님! 저 좀 살려 주십시오. 지금 제가 죽게 생겼습니다."

"그래, 석준아. 대체 무슨 일인데 그래?"

"어떤 놈인지, 저랑 서학장이 학생들 대상으로 나쁜 짓을 습관적으로 저지르고 있다고 방송국에 꼰지른 겁니다! 똑같은 내용 대자보가 학교에도 안 붙어 있는 곳이 없습니다. 제 교수 연구실 입구에까지 붙어 있단 말입니다. 아무래도 예전 피해자 중 한 사람이 그런 것 같은데, 방송국 기자까지 전화를 해대고……. 제가 뭐 죽을 죄를 지은 것도 아닌데, 학생들이고 교수들이고 지금 저 몰아내겠다고 난리도 아닙니다. 제가 살인자라도 됩니까? 그런데 서학장은 또 눈치가 꼬리 자르기입니다. 자기는 아무것도 몰랐다고 하네요. 형님, 저 이제 어떡합니까."

"석준아, 일단 좀 진정하고, 내일 같이 방법을 찾아보자. 죽으라는 법은 없다고, 뭔가 방법이 있겠지."

요동치는 석준의 목소리가 잠 못 이루는 영진을 위로한다. 김석준 개자식. 김석준 미친 새끼. 김석준 이 역겨운 놈.

영진과 통화를 끝낸 석준이 입술을 질끈 씹는다. 태홍이 석준의 통화가 끝나기를 기다렸다 묻는다.

"뭐래?"

"이 새끼……."

타닥 탁! 조개 입 벌어지는 소리가 냄비 뚜껑 사이로 새어 나온다. 해물탕이 충분히 끓는 동안 물잔을 채우고, 소주잔을 챙기고, 소주병을 따는 기태의 손이 바쁘다.